一朵搆不著的雲

陳司亞　著

《文訊》於107年九九重陽，菁彩三十雅集
左起：沈立、任真、陳司亞

自序

我熱愛寫作，甚至將自己的心血與腦汁，都一點一滴的注入作品中。我的作品內容，大都是「勵志」為經，「博愛」為緯。希望形成一種社會風氣，處處溫馨可愛，處處散發出「春風又綠江南岸」一片欣欣向榮的景色。

科學進步，日新月異，自手機及電腦陸續登場，真是霞光萬道，世界突然明亮起來，給社會帶來很多方便與樂趣。家家戶戶，無不人手一機，老少咸宜。但也產生排斥作用，真是幾家歡樂幾家愁，首當其衝的就是書籍、報紙與雜誌等等，無不紛紛中箭落馬，其情可悲。

時尚是一時的，最明顯的就是歌唱節目，個個都是一代天驕，令人仰慕；但也令人焦慮。只有文化才是永遠的，比如從堯、舜、禹、湯、……直到唐、宋、元、明，興廢輪轉，一代一代傳承下去，中國還是中國。直到滿清入關，他們捨本逐末，把自己的文化全部棄若敝屣，不但重用漢人（如袁世凱、李鴻章、曾國藩……）、漢文、漢語，以及一般生活習俗，無不廢舊更新，就連手足之親的王爺，大都在府中「坐以待斃」，沒有進言的機會。由孫中山領導的國民革命軍一起，勢如破竹，他們戰敗之後，滿清從此滅種滅族，在地球上永遠消失了，由此可見文化是多麼的重要。如果稱「文化為立國之本」，誰曰不宜？

英國最偉大的作家莎士比亞，是英國的國寶。英國人謂可以沒有國土，但不可以沒有莎士比亞。他的詩作劇作兼擅，取材人間，直指人心，永垂千秋。

美國對作家之推崇尊重，遠勝於教授。因此很多作家都把自己的著作印在名片上，於此可見一斑。其他諸如英國、德國、法國、日本、韓國……對作家的尊重與待遇，高出我國近十倍。

凡事有其本末，皮之不存，毛將焉附？

如今我已年屆九旬，廉頗老矣，尤其在這「萬般皆下品，惟有藝人高」的今天，作家大都退避三舍。然而，我總以為，如果文化沒有了，國家忘了，我們以及我們的子孫何去何從？

孫中山曾說過，讀書人就是要發揮知識的深度與廣度，表露出卓然不群的風格，成為一個國家文化的脊梁骨！

孤獨執著如我者，追尋不可能的完美，其風格自許，飄然於世俗成敗之外，亦可自得其樂也。

現在外面忽然傳來一陣歌聲：「妳是我的小蝴蝶，我是妳的小阿飛……」「不看妳的眼，不看妳的眉，看了心裡都是妳，忘了我是誰……」這些那些，不是靡靡之音是什麼？只要會唱兩首歌，就是一代天驕，富貴榮華全有了。

我並不是說「愛情」的歌不好，譬如元朝管道昇寫的「你儂我儂」，由李抱忱作曲。詞意深雅，綺麗綿密，情深意重，令人感動。

我也不是鄙視「愛情」，我自己還出版一本書：《愛能超越一切》，由美國瀛舟出版社出版。我也寫過一首歌：〈愛的天地〉，由劉冠霖主唱。本書內亦有〈愛情愛情〉，由此可見。我常謂愛是人類最高貴、最誠摯、最值得歌頌的一顆心。如果世上沒有愛，一個個都如同行屍走肉，多麼恐怖！

只是愛的動機、愛的內涵，愛的使命為何？

佛家有「大愛」，基督有「神愛世人」，孫中山有「博愛」。我怎敢冒犯世人，引來眾矢之的。

但是，我也堅持一個原則；不踰矩。

我們固有的文化，已面臨斷層，如果我們仍然愚蒙不知，文化界的菁英就該挺身而出，主持正義。滿清滅族，豈可視而不見。

再說一個成功的人物，只要能為一個目標，努力不懈，盡心盡力，成功也好，失敗也好，都有值得人尊敬的理由。

在時間不停的向前滾動時，我們就該為自己找定位。

話似乎扯遠了，應該言歸正傳。出版社與作家，原是同甘共苦，相濡以沫，誰都不能千山我獨行。但是出版社為了生存，謹慎一點，嚴格一點，也是勢在必然。他們常常自嘲：「我們多出版一本書，就多一份『不動產』」。這是句令人鼻酸的幽默！

我這份文稿，可能使編輯諸公傷點腦筋。其實我的心裡也忐忑不安。我默禱：我們這塊土地不要成了文化沙漠，更不要讓沙漠成了抹殺文化的兇手！

二〇一八年十月七日

目次

一朵捕不著的雲

西北風和寒流在通力合作之下，把樹梢的葉子快剪光了，剩下乾枯枝椏的影子，凌亂的貼在透明的玻璃窗上，那樣瘋瘋傻傻的搖著，搖出一把蒼白的寒意。也許是一整天的勞累，吳燕感到一份倦意從心底昇起，緩緩地向四肢擴散。她躺在床上，但並沒有睡意，因為在疲倦中混雜著那許多難言的回憶。那回憶是甜蜜的，也是辛酸的。

思想像一些不著邊際的游絲似的浮游著；自己是二十歲到這裡來的；那正是個發光發彩蝶翼般的年齡，一晃已經十五年過去了。十五年，是的，十五年對一個女人來說；從二十歲到三十五歲的女人來說，這段時光該正是「一寸光陰一寸金」的時光。然而，這些黃金卻像一捧水似的從自己的指縫間漏得精光。懊悔於當初的盲目和厭倦這項長期操勞的工作了嗎？沒有，一點也沒有，除了一些淡淡濛濛的悵惘而已。在她的腦子裡總是湧著這樣的直感：兒童是我們最大的快樂和財富，誰能瞭解眼看著一個個小生命一天天成長的喜悅呢？有人說撫養兒童是件苦差事——勞苦而功不高的苦差事；天生一顆愛心的她，卻一直認為撫養孤兒是件一本萬利的樂事。

然而，自己卻要離開這裡了，而且要到很遠很遠的地方，而且永遠永遠。離情像根鐵鍊似的把自己痛苦的鍊著，不過痛苦歸痛苦，這次是非走不可的了。這不光是因為他是個年輕有為的僑商，而是他那份難得的敦厚，況且自己已將失去華光的年齡。「還等什麼呢？為了孩子？難道你就從來也不想想自己麼？」光真不只一次的這樣問過自己：「那邊的事務總不能老是沒人料理，實在不能再拖延了。除夕就結婚，年一過我們就回紐約去，好麼？」怎麼不好呢？真的，還等什麼呢？「好！」自己是這樣肯定回答他的，心裡也這樣決定了。五年前就曾結識一個對自己很中意的華僑，自己對他也很不錯；不錯到連睡夢中都會夢到他。後來一談到要出國，自己就直搖頭，原因是自己實在離不開那些孩子；那些孩子也離不開自己。而現在，卻顧不得這些那些了，正如光真所說的：也該為自己想想了。

再過十八天，再過十八天就是除夕了。除夕結婚，這真是件鮮活事兒。現下時代進步了，鮮活事兒也多得不算是鮮活了，比方在飛機上結婚的，火車內結婚的，山頂上結婚的不都大有人在？不過也不知道那天是不是個好日子？黃光真大概是不會想到看看黃曆的，在國外久了，恐怕連這個名詞都忘了吧？其實不看也好，結婚天大都是黃道吉日，也不見得個個都好到底的。小明他媽還不是，批八字、看生辰、翻黃曆，樣樣都做到了，結果呢？結果還不是鬧到法院裡離了婚！這些迷信在科學時代的今天，也該是壽終正寢的時刻了。吳燕心中的喜悅和興奮發酵似的鼓湧著。無論是神經裡、血管裡和筋脈裡，都有著一種屬於成年未婚的女人時常在睡夢中的湧動。令人暈眩的湧動，是一種神祕而又捉摸不住的模糊恍惚，連她自己也不知道怎麼說才好。在溫柔的愛的感受中，如搧動的蝶翼，熠盪出細細碎碎的迷離。啊！雲一樣，霞一樣，虹一樣的奇幻而又真實。就是那樣的吧？糖一樣，蜜一樣，花一樣的溫馨而甜美。她真想去問一問那些「過來人」。問誰呢？怎麼問法呢？不管怎樣，反正在不久的將來，自己就要擁有那些了。別的不說，三十五歲的女人吶，光憑這一點，就該叫人非吃幾粒安眠藥是沒法睡覺的了。她很疲憊，倦意也濃，游絲似的思想仍在不著邊際的浮游著。她的眼瞳中忽然現出一幅幅詩樣畫樣的景緻；那綻開火紅櫻花的高山，那騰空而起的吊橋，那直垂而下的瀑布，在那山、那橋、那瀑布的背景裡，畫著一對手挽手、肩并肩的情侶，男的是光真，女的是自己。兩個人貼得那麼緊，兩顆心也貼得那麼緊，像露珠和草葉似的依偎著，像星星和月亮似的相伴著……此刻光真睡了麼？他會跟自己一樣的雖然疲憊不堪，睡意很濃，但還睜大眼睛在想著這些那些麼？她真想起身打個電話；問問他是否也是這樣？也許他已經睡了，男人大都不會像女人這樣，有了一點點什麼就會天一下地一下的瞎想。她正猶豫著，電話鈴突然的響了起來。「一定是他，一定是他。」在她起身的剎那，笑意早已搶先躍上她的嘴角了，彷彿水彩筆點在宣紙上，一下子就漾了開來。她剛握起聽筒，對方已經在說話了：

「請問是××育幼院嗎？」聲音很陌生。

「是的。」吳燕漫聲應著，語氣是十分懷疑的：「請問你找誰？」

「我想請貴院的負責人講話。」

「有什麼事請說吧，」她說，一面摀著嘴巴打了個哈欠，好像是打牌熬了幾個通宵，連嗓音也啞了。「我是副院長。」

「噢，副院長您好，我是陽明山北投派出所的值勤警員。」對方操著一口東北口音：「剛才在北投中央北路撿到一名被人遺棄的女嬰，我想送到貴院收養。」

「有多大？」

「看樣子只有個把月。」

吳燕看看手錶，說：

「現在已經快十一點了，請你明天——」

「不行啊，」對方打了個攔頭板，要求著：「無論如何，都得請您幫幫忙，因為我是個沒家沒眷的單身漢，而且還要值勤。」他的語氣是那樣懇切，那樣固執，彷彿這要求是十分合情合理的事。「這孩子不知是給餓的，還是給凍的，直是哭，直是哭，尿布也濕了，我這兒沒有尿布，又不會餵奶……」

「好吧，你就送來吧！」聲音裡滿含著無可奈何的意味。

吳燕放下聽筒，披上大衣，跑到老王那裡，關照他將已經關閉了的大鐵門打開，等候那個可憐孩子的來臨。

「哎呀呀，我的姑奶奶，這是多早晚嘞？趕明兒就臘月三十看黃曆——沒日子咧？真是的！」老王嘴裡窩團著舌頭這樣咕嚕著，不過咕嚕歸咕嚕，還是一瘸一拐一瘸一拐的照著做了，這是他的老毛病。不論模樣和個性都很像「赤膽屠龍」裡的那個怪老頭兒；怪得可厭，也怪得可愛。

十一點二十分左右，由兩名警員駕輛警車帶著那個已經睡熟的孩子來了。

吳燕向兩位警員開門見山的說：

「本院的規章，是專門收養無人撫養的健康孩子，因為健康的孩子將來才會有人樂意領養。因此，這孩子在未經體檢之前，放在這兒，只能算是臨時性的。」

「好的好的。」

吳燕接著跟他們解釋著：

「明天把這孩子體格檢查後，假如發現她的身體有異狀或暗疾的話，很抱歉，本院就無能為力了，仍然要退回派出所，現在我得向二位把話說在前頭。」

「好的好的。」

那位高個子警員允願似的連聲的重複的應允著，就好像電唱機上轉到有污痕地方的唱片，老是那一句。

「幸虧有你們這個慈善機構」那位矮點的警員脫下鋼盔，不分時令的搧著，好像在說他給那個孩子累成了那個樣子。腦袋上有圈紅印子，給鋼盔勒的。「也幸虧有你們這些慈悲為懷的人士，我們代表這孩子先謝謝副院長。」

「只要孩子健康，我們是非常樂意為孤兒們服務的。」吳燕習慣的推了推鼻樑上的眼鏡。「這是我們的信條，也是我們的規章。」

事情就這樣決定了，兩位警員臨走時不住的點頭，不住的道謝，不住的拜託，就像那些競選縣市長或什麼議員們的候選人面對選民似的。

第二天上午，育幼院負責嬰兒保健的戴英琬，帶著孩子到市立醫院作全身檢查後，回來見到吳燕，將孩子朝床上一放，第一句話就是：

「這該怎辦？」

吳燕望望她，又望望孩子。

「什麼這該怎辦？」

「這孩子的左眼已經壞了。」

「什麼眼疾？」

「急性角膜炎。」戴英琬把醫師告訴她的話重複了一遍：「因為細菌感染，眼球業已潰爛了。」

「一點辦法都沒有了麼？」

「很難，希望是不大了——醫師這樣說的。」

吳燕一點考慮也沒有，馬上就掛電話給北投派出所，希望該所領回孩子。一方面因為這是育幼院的規章，同時根本就沒有為孩子診療的經費，再一方面因為院長公出，院務由自己代理，而自己又是佳期將屆，婚後又要離此他去。在此期間，於公於私，她都不願意再招來一層麻煩了。但是派出所的警員卻把好話說盡，仍然要求她無論如何都得幫幫忙，理由是：派出所裡沒有一個女警員，對於孩子的一切都沒有辦法處理。

吳燕感到為難了，此刻擺在她面前的的確是個前所未有的難題：將孩子送回派出所不是辦法，但將孩子留下來也不是辦法。「不行啊！」她的右手握著聽筒，左手在半空中不停的比劃著，就像一面跟人打電話，一面跟另一個人打招呼。院中傳統的力量在逼著她，自己的私務也在逼著她這樣來拒絕對方：「不行啊！」

然而，那力量似乎太單薄了，也太微弱了，當她的目光落到床上孩子的臉上時，孩子正在睜著一隻右眼笑著，笑得天真而又令人不安，看來她是一點也不知道現實所加在她身上的殘酷。於是，她那顆天生的愛心被自己的情感與孩子的命運綰結住了，那點單薄微弱的抗拒力量終於崩潰了。此刻她的腦子裡是矛盾的，紛亂的。對方在跟她說些什麼，她都恍恍惚惚地沒聽清楚，光是拿著聽筒發愣，像是受了什麼定身法似的給定住了，一動也不動，一聲也不響。

「我們盡一切力量為孩子治療眼疾。」過了很久很久，她終於放下聽筒，跟戴英琬毅然決然地說：「我們不能讓一個有缺陷的孩子；尤其是一個有缺陷的女孩子痛苦終生。」

吳燕在育嬰室內親自為這個不知名的孩子安置了一張小床，手裡一面整理一面想：假如不是那位值勤警員的發現，假如沒有我們這兒來收養，這個全身承擔著不幸的女嬰，在這天冷地裂的寒流來襲時，不早就給凍死了！天下竟有這樣狠心腸的父母？她越想越發憎恨這個女嬰的父母了。吳燕在孩子小衣服裡忽然發現一隻紅紙包，打開一看，裡面包有新臺幣二十元，其他再沒有任何東西了。她拿著那僅有的二十塊錢，不禁呆住了。這孩子的父母一定是只有這二十塊錢了，孩子這麼瘦小；瘦小得像是周身都寫著人世間對她的虧欠，又患了這種痼疾，她的父母，能借的地方大概早就借完了，能當的東西早就當光了，現在家中僅有的只是這二十塊錢了吧？她的眼前為自己的構想勾劃出一幅景象，一幅淒淒切切地景象！她不但不再憎恨她父母了，反而有著更大的同情。也許他們家中遭遇了什麼突發的變故，這變故使他們無以為生。也許他們都是忠厚愚拙的人，清苦已極，子女又眾多。他們已經用完了最後的一點力量，實在再沒有一絲一毫的力量來撫養這個苦命的孩子了……不管怎樣，這都是做父母的人萬不得已的事，連燃眉之急的奶粉錢都沒有，我很心疼這個女嬰，以及她的媽媽。而這二十塊錢，就是最好的說明。

吳燕是個堅強的人；堅強到不論受了什麼打擊從不輕易流淚的人，現在卻不自覺的流下淚來，滴在孩子的身上。這不光是為了孩子，也包括了她的父母。

院長公出國外，自己雖然十分的不情願，但孩子總算是自己當家作主收養的，既然收養下來，就得設法為孩子治療眼疾，吳燕這樣一想，就覺得自己的肩上多了副擔子，事到如今，不管這副擔子有多重，有多沉，一切也只有盡其在我了。

按照育幼院的傳統習慣，大家在一陣商議後，給這孩子取了個名字——舒奇珍。姓氏是院長的姓氏，名字的意思是：如果孩子的眼睛果然出現了「奇」蹟，那麼應該是值得「珍」惜的了。

自從這個體重不到七磅的小奇珍來到育幼院的那天起，上上下下的六七位員工，就都為這個小生命而增加了忙碌；每天上午八時，戴英琬和王桂蘭兩人準時抱著她去醫院治療眼疾，回來後，大家就輪流守候在小床前照顧著洗眼、換藥、餵奶粉、餵果汁、餵營養劑、換尿布。每一晝夜的二十四小時，只要她發出哭聲時，誰都會使出各種招式來哄她、逗她，直到停止哭泣為止。

除夕快到了，吳燕也更形忙碌了，但她所忙的不是為了過年，也不是為了佳期，而是每天四處探訪眼科名醫，張羅孩子所需的診斷、醫藥以及營養的費用。她為這孩子考慮的很多、很遠；如果治不好眼疾，不但尋不到理想的領養家庭，就是將來長大成人，也很難有個合適的歸宿。她似乎為這孩子忙得忘記了一切。彷彿那完全是她天生就該負起的責任，推也推不掉，賴也賴不掉似的。

前些日自己東奔西跑的到處張羅，所得的數字僅只四仟多塊錢而已。院裡的經費大都是靠募集的，捉襟見肘已非一朝一日了，而此刻又值年關將屆，連設法募集的時間也沒有了。她也曾想到黃光真，只要自己張口，她十分相信不會有什麼問題的，但是她實在不願意那樣做。她的設想不能說是沒有道理，儘管這是為了拯救一個被遺棄的苦難孩子，但是在黃光真的心裡會怎樣的想法呢？以今天的世道人心來衡量，以一般利慾薰心的世俗眼光來推想，誰能保證他不會以為自己是在耍花槍？如果自己跟他是已結過婚的人，情形當然就不同了，婚前婚後，不管怎麼說，情況總是有差異的，這裡面包含著女性的自尊和顧慮到對方可能這樣也可能那樣的猜疑。

這該怎麼辦？這下她算是碰上了一個超出自己智力以外的難題了。吳燕在房內來來回回地踱著；好像這樣踱久了就會「踱」出個「點子」似的。

自己並不是個胸懷大志要立德立功的人，自己也沒有那個力量能夠像觀世音菩薩那樣「普渡眾生」，只不過是個極卑微極平凡的女人罷了。為什麼要為一件已經超出自己能力範圍以外的事而苦惱呢？這些都是她很瞭解而且十分清楚的。然而，那份牽扯著自己愛心的感情，卻不是那樣輕易擺脫的了。尤其是事情已經到了這個地步，院長又不在家，自己現在總不能一推六二五的放手不管啊。若說人心像濁流似的今天，大家都像久旱龜裂的土地喜獲春霖似的沐浴在名利的黑河裡；有利的搶著幹，無利的誰也不管。這樣下去，下一代的孩子們對這一代的我們將有怎樣的觀感呢？自己的力量有限，空有一顆愛心，妄想拯救一個可憐的孩子，也許到頭來只是一場徒勞罷了。也顧不得那麼多了，也想不得那麼遠了，還是那句老話——盡其在我吧！

孩子患的是急性角膜炎，因為時日的拖延，已經潰爛，像是一棟失火的房子，火舌已經張牙舞爪的四處擴散，還能容人猶豫不決的袖手旁觀嗎？如果再不即時撲滅，勢必燒得片瓦不留了。房子燒了還可以再建，被稱為人的「靈魂之窗」的眼睛呢？瞎了一隻眼睛的女孩子，那樣的茫然而凄切——她的眼前忽然出現這樣的一個影像；她頹然地躺在床上，影像仍然在半空中迴旋著；旋出一串串的茫然，一串串的凄切。尤其是孩子那雙眼光，含著一種令人承擔不起的分量，交織著生與死的疙瘩。……吳燕一整天的奔波使她腰痠背痛，筋疲力盡。但是難題仍然是難題，就像眼看著失火而找不著可以滅火的水一樣，徒然急得抓心扯肺，也於事無補！再送回派出所？乾脆推開不管？或者聽其自然發展？……

那隻純白的貓蜷盹在書桌的角角上，一動也不動，乍看像是一個白色的大瓷古兒。床頭小几上那盆光真送來的梅花，葉子翻捲著，花兒下垂著，西風吹不到的地方，卻也憔悴了。吳燕凝視片刻，感到一陣歉然，是自己忘了很久沒有澆水了。在這幾天中，從早到晚，成天都是為著那個孩子忙這忙那，想這想那，弄得昏頭轉向，把什麼都給忘了。前些日子，這盆花兒還不是花是花、葉是葉的那樣挺拔麼？曾幾何時，就這樣老態龍鍾了！這份歉意只有永藏於心底了，看來現在就是再澆水，恐怕也不能使它「起死回生」了。

她的眼睛發澀，眼皮也愈來愈沉，疲乏像放「驢打滾」高利貸似的變本加厲的向她襲來，她打了個哈欠，終於睡著了。

「你怎麼這麼早就睡啦？」戴英琬問。

「我只是這樣躺一下，沒想到就睡著了。」吳燕這時才發現自己身上多了床被子。她坐了起來，暮色也使她臉上的鬱悒突出了些。

「大夫怎麼說法？」吳燕問。

「開了很多名貴的藥方和營養劑，據說希望可能有一點。」

「以後每天還是請你和桂蘭兩人帶孩子去治療。」吳燕理了理睡亂了的頭髮，惺忪的眼沿下塗上一層青黑，那不是眼膏的塗飾，而是早起晚睡和終日操勞的凝聚。「我約略計算一下，一個月就得兩萬塊！」

大家都被這句話震驚得呆住了，整個的房子裡一片寂然。誰都知道，在育幼院中怎麼也無法籌出這筆「驚人」數字的。戴英琬用手支著下巴，眉頭皺得像在訴說「一籌莫展」的源由。王桂蘭把手裡的小手帕扭成麻花兒似的，扭緊了又放開，扭緊了又放開；她一閒著就會這樣，因此，大夥兒便給她起了個綽號——「紐西蘭」。（諧音「扭稀爛」）女工友阿香默默地望望這望望那，然後默默地走開，這個年紀輕輕的小婦人彷彿也揹負著不勝負荷的感受。那瓶枯萎了的花兒，像是含有某種「提示」作用似的投入吳燕的視線，那意思像是在說：「看看我啊，青春就是這樣易逝的啊！」真的，自己為什麼要這樣傻呢？女人最值得珍惜的就是青春，而我幾乎為著孩子們斷送了，還不夠嗎？一種人類自私的劣性根第一次在吳燕心胸中驟然的擴大，擴大，擴大……在這當口如果有人勸她，不要去過問那些身外的事了，那怕是三言兩語，可能也會收到很大效果的。所謂「一念之間」，大概說的就是這種情形吧？她似乎擔不起這副擔子，但也卸不下這副擔子，她不知道如何才能兩全其美。

在一片沉寂中，戴英琬的眉頭開朗些了，不聲不響的取下頸間的一條五錢重的鍊子，遞到吳燕面前，說：

「這是我訂婚的一條鍊子，這樣的用掉它，我覺得比什麼都有價值。」

王桂蘭的麻花兒也不「扭」了，毫不猶豫的脫下手上的戒指和掏出身上僅有的二百八十塊錢，統統送給了吳燕，情至義盡的說：

「為了小奇珍，我們都樂意這樣做。」

最感人的是，阿香的小女孩——四歲大的小阿琴，也跌跌撞撞地抱著她那隻平常誰也不准摸一下碰一下的小撲滿，交給吳燕，咿咿呀呀地說：

「吳阿姨，這是我的撲滿，裡面有好多好多的錢喲！媽媽說的，留給我過年時買新衣服的，現在小奇珍要看眼睛沒有錢，媽媽問我願不願意把這錢送給小奇珍看眼睛，我不願意。媽媽說的，不看的話，小奇珍的眼睛就會天天病，天天痛。我一想，就把這些錢送給小奇珍看眼睛了。吳阿姨，你說這樣做對不對？」

她那小小的聲音，卻有著一股旋乾轉坤的大力量，使每一個在場的人，都被這股大力量震撼的目瞪口呆，鴉雀無聲。這是人世間一幅至真、至善、至美的彩圖，一幅原始人性擴張的彩圖。

「吳阿姨，」阿琴扯扯吳燕的衣袖，天真地仰著頭說：「你怎麼哭啦？」

哭了？我哭了？吳燕摸摸眼睛，可不是有兩行溪流似的淚水在滾淌著。

事情不知怎麼被那個怪老頭兒老王知道了，當天晚上，他也一瘸一拐地送來了五百塊錢。

「這個——」吳燕遲疑著。「你就是一個人，再說年歲這麼大了，手邊也該存點錢……」

「做棺材本兒，是吧？」老王急得竟不分時宜的作揖打躬起來，好像在求著別人什麼事兒，口氣也是那樣的：「我的姑奶奶哎，無論如何，不管怎樣，都得請你收下。」他的眼睛裡閃耀著人性深處的靈光，嘴裡打著哈哈說：「你別看我這把年紀了，還不想死在台灣吶，有天返回大陸，我們家鄉——山東的萊陽大青梨，又甜又脆，我還要回去『大快朵頤』啦！」

他那種怪模怪樣，把所有的人都逗笑得前仰後合；他自己卻繃著臉，連大牙也沒吱一下。

這個時候，大夥兒的心情都是一樣的，為了小珍奇，縱然很苦很苦，他（她）們都甘之如飴；把那些苦難，都看成是「甜蜜的負擔」了。

這些人送的錢、鍊子和戒指，攏總也不過四仟塊錢左右，距離兩萬塊的數字還有那麼遠。但是，這些感人的力量，卻是巨大無比的，吳燕被一種從沒有過的情緒感動著，撞激著，信心也加強了。她咬咬嘴唇；厚厚實實的嘴唇給咬出一道道堅定的紋路。

無論天晴天雨，每天早晨七點不到，吳燕就出門跑東跑西的為孩子的一切費用張羅去了。可是因為年關在即，銀根很緊，到處碰壁，在沒有辦法巾，她終於想到了由港來臺不久的表叔郭錦程，現在住在統一飯店。他在香港經營一家規模不小的銀樓，對自己一向很好，每次來信都要她去香港玩些日子。如果向他張口，這點錢在他自然沒有什麼問題。雖然她也想到，多年不見，人家又是從老遠到台灣來的，理應自己略盡地主之誼才是道理，反而一見面就如此這般，這確是叫人十分尷尬的事，但是事到臨頭也就顧不得那麼許多了。

為了要見表叔，那天她還刻意把自己修飾一下，一身紫色絲絨旗袍，外面配著一件淺灰色大衣，臉上也略施脂粉，果然有了番「新氣象」。

到了統一飯店，與表叔寒暄了幾句之後，吳燕就直截了當的說明了來意。可喜的是，郭錦程也直截了當的答應了，並且立即簽了一張可以兌現的支票。郭錦程邀她共進晚餐，吳燕因為事情已經有了著落，一高興，便欣然「從命」，而且破例的喝了兩小杯葡萄酒。

也許這天是個大喜日子，隔壁的翡翠廳正有一對新人在舉行婚禮。窗帘微啟，瞭然可見。進行曲的樂聲輕快的流著，那不是夢，比夢還美；那不是酒，比酒還醉人。自己是個女人，而且十分珍惜自己是個女人；女人除了愛情之外，其他什麼都是次要的。她記得，從自己開始懂事起，便憧憬著這一天的來臨。以往，都蹉跎過去了；現在，還不應該掌握住嗎？還有四天，她心裡計算著：還有四天就是自己的佳期了。佳期，這是一個多麼繽紛燦爛的日子！這是一個多麼令人暈眩的日子啊！矇矓間，一個身影顯現，一個高高大大的身影顯現。一種屬於女人對自己心愛男人的情愫油然而起，她有點飄飄然了。

戴英碗和王桂蘭準時抱著孩子去林大夫診所診治，這段路程有三里多，除了大雨天，來回都是安步當車。她們從不願意多花一文錢，但若用在孩子身上，情形就剛剛相反，誰也不願意少花一文錢了。

「我來抱抱吧，」在路上王桂蘭向戴英琬說：「看你累成這個樣子！」

累得人兩眼發昏，兩腿打晃。孩子大點兒還好抱些，個把月的最難抱了；鬆些怕閃了她，緊些又怕擠了她。軟嗒嗒的，使不得勁著不上力，一定得用整個手臂那樣懸空的托著。

她並沒有將孩子給王桂蘭，仍然那樣的托著。自從這個比別的孩子揹負著更多苦難的小奇珍一來，誰都好像能有多大的力量就拿出多大的力量，能有多少的愛心就拿出多少的愛心。她想：尤其是吳副院長，成天奔波操勞，就沒見她皺過一下眉頭，縱然自己就是苦一點，累一點，又算得了什麼呢？如果跟吳副院長來比的話。戴英琬把孩子換了個姿勢抱著，甩甩痠痛的胳膊，力量似乎又增加了些。

「不，我不累。」她搖搖頭。「你昨晚也夠辛苦的了，半夜都沒睡覺。」

戴英琬的臉上不知是給曬的，還是給累的，紅通通的。她的鼻尖和嘴角上滲出一粒粒小小的汗珠子，王桂蘭瞧著心裡光是覺得癢癢的，不自覺的用手摸摸自己的鼻尖和嘴角，以為那上面一定也是滲出一粒粒小小的汗珠子，其實沒有。

這天，奇蹟出現了，奇蹟真的出現了！林大夫為小奇珍作過詳細檢查後，說：「孩子已經有了視力了。」

「啊——」戴英琬和王桂蘭同時的「啊」了一聲，興奮和喜悅在她們的腦子裡一下子鼓湧起來。她們抱著孩子走出診所，來不及走路，也等不及公共汽車，一招手，來了輛計程車。陽光把一切都照得黃黃的，亮亮的；像是茶食店玻璃櫃櫥裡擺著的那種西點。孩子的一雙眼睛也像陽光——發亮發光的陽光。一下車，她們就飛也似的奔上大樓，賣「號外」般的大聲嚷嚷著：

「快來看啊！小奇珍的眼睛已經好了！小奇珍的眼睛已經看得見啦！」

大夥兒都圍攏來了，看到孩子的那隻左眼珠也在靈活的轉動著，都興奮得什麼似的跳了起來。怪老頭兒老王放下正在手裡翻土栽花的鏟子，一瘸一拐一瘸一拐的也來了；完全是那種大動作——頭向下一俯，跟著肚子往前一挺，活像在跳著什麼山地舞。

此時此刻，吳燕忽然想到婚期將屆，因為忙著小奇珍，——她分分秒秒都跟著時間在賽跑，竟然忙昏了頭，竟然忘了與未婚夫共謀有關婚禮事項，甚至連面也沒有見過，這不是太荒唐了麼？她感到十分歉疚，隨即撥了通電話到旅舍，沒有人接，她又撥給服務台，服務員回說中午他出去了，並未留言。她下了決心，從明天開始，她要把時間分分秒秒都用在與黃光真籌劃婚禮上。

然而，畢竟遲了一步，豈止令人欷歔！

歡樂在每一個人的鼻子眼睛上飛躍著，歡樂在每一個人的心田上湧漾著。只有吳燕，她竟像座塑像似的坐在窗口，彷彿什麼也沒聽著，什麼也沒看著，只是那樣空寂的望著窗外。當人們發現這種反常的情景時，也都莫名其妙的跟著沉寂下來。久久，久久，沒有誰領先打破這片沉寂，也沒有誰知道她在望些什麼，想些什麼。但是大夥兒能夠知道的，就是她此刻的情緒離開歡樂一定很遠很遠。一架民航機像特意來打個招呼似的在窗外的低空上略過，然後就頭也沒回的飛遠了，飛遠了，留下來的，只有一朵雲，一朵抓也抓不住搆也搆不著的雲。

吳燕淒迷地低下頭來，楞楞的望著手裡今天一早接到黃光真那封限時專送的短箋，信封是淺藍色的，藍得像是窗外的天空，只是沒有那朵雲。短箋上寫的是：

吳燕小姐：

我一直以為你是愛我的，我也一直以為我們婚後的生活一定是美滿幸福的，我一直都是那樣的以為。讓人納悶的是，我們的婚期只有三天了，迫在眉睫。我是久居海外，對台灣什麼都很陌生，婚紗、禮服、禮堂、酒席等等，都要仰仗妳了，妳不該抽空來跟我切磋切磋？我曾數度打電話以及造訪妳，妳的同事都說妳很忙，經常是早出晚歸。妳真的把我們的佳期看得如此一文不值？直到前天下午在統一飯店參加一位友人的婚宴，才知道我的那些「以為」是一種錯覺——那是我親眼所見到的；妳與一位富翁在春風滿面的笑談著，眼角眉梢滿漾著喜悅的溫馨。世上只有人類才能創出如此美妙的「大特寫」。而我的夢想，卻被擊得支離破碎！

我不想聽到多餘的解釋——從近日來老是見不到你，以及我送你的那盆梅花，此刻氣溫在十度以下，正是「越冷越開花」的時節，可是它已枝枯葉萎，一副病入膏肓的模樣，就是最好的說明。因此，我也不想在此久留了，提前於今天離臺返美……

光真　敬上一月二三日

潦草的字跡，彷彿在指手畫腳的罵人。

吳燕的神經被一種痛苦支解著，分割著，凌遲著。她心裡很想放聲一哭，不然，就是讓淚水悄悄地流一陣也好，也舒暢些。但是，她畢竟把那已經將要湧出的眼淚又強制的憋了回去。原因是自己的年齡，已失去可以任意的哭和笑的自由了。在這短短的日子裡，又一個綺夢，又一次破碎！她不想回憶，因為那裡的創傷太多了，太深了，但那回憶卻依然緊緊地咬噬著她的生命。這能怨誰呢？怪誰呢？但願光真的身心能夠舒暢些，現在也只有這樣不著邊際的來祝福他了，別的，還有什麼好說的呢！她覺得很累，像是個長途賽跑的運動員，在中途時還不覺得，還可以咬緊牙關支持下去，一旦到了終點，就累得渾身癱軟得難以支撐了。她那樣虛弱的靠在椅背上，一臉久病沉疴的蒼白。

微風像個勤快的牧童，在牧著天空的羊群；微風也像隻老年人的手，在慈祥的撫摩著吳燕的髮絲。她的目光又茫然的投到窗外；寒冬留下的寒意仍未逝盡，而窗外樹梢上又在抽青了；那是新的希望在滋生，新的生命在茁壯。小奇珍忽然咿咿呀呀的笑了起來，笑得那樣的天真，那樣的開心，吳燕突突然然的起身抱過孩子，那樣情深的看著，瞧著，自己也跟著笑了，淚水終於不受強制的從那笑著的眼眶裡湧出，湧出……

是的，一項奇蹟出現了，但是，有誰知道這裡面包含著多少看得見與看不見的愛心和辛酸呢。

傻叔

一

傻叔姓趙，人家都管他叫趙傻子。他剛來我家時，我只有七歲。聽說他是因為家鄉鬧災荒，逃難出來的，只有一個人，個子有橫有豎，力氣很大，正好我家也需要這樣一個幫手，於是他就在我家待了下來。

我家住在洪澤湖邊，種了九十多畝田，還有一艘三條桅的大木船，一年兩次跑江南，去的時候大都是裝豆油、花生米和食鹽，回來時則是洋紗、布疋以及日用雜貨等等。兩次跑下來，賺的錢往往比一年的收成還要多上兩三倍。傻叔是船上有事就上船，田裡有活兒就下田，從沒見他閒過。除非到了臘月天，河封了，田裡也舖上一層厚厚的白雪，他才能空下來，不過他並不巴望這段日子，好像一閒下來，周身筋筋骨骨都不舒坦似的。

這時如果有玩大把戲的來了；通常都在我家村前的那個廣場上，鑼鼓傢伙一敲開，不消一頓飯工夫，男男女女、老老少少都圍攏來了。嘿，我就不像其他孩子們要從人襠子裡一層一層往裡鑽，到時候往傻叔的脖頸上一「騎」，四平八穩，居高臨下，看得最過癮了！有時看的得意忘形，還手舞足蹈一番，竟忘記了自己是「騎」在人家脖頸上。可是傻叔一丁點兒也不在乎，就好像他脖頸上不是個半椿小子，而是個沒有四兩重的氣球似的。

傻叔做起事來，儘揀那些重活兒，從來不知道投機取巧，肚子裡又是根直腸子，也不知道拐彎抹角。不論人家說他也好，諷譏他也好，他總是咧開嘴巴呵呵傻笑一陣子。

傻叔對菸、酒、賭錢哪樣都沾不上邊兒，吃喝玩樂一竅不通，彷彿他這個人來到世界上就是為了幹活兒。全村裡的人對他都很不錯，因此，他在我家八年，他已成為我們家中的一份子，我爹就自作主張的替他買了四畝七分田地。我媽還託人替他說了門親事，是東大溝的蔡家姑娘，人長得雖不能說是花容月貌，卻是個處家過日子的典型女子。人們都說傻叔傻人有傻福，討了這樣一個又體貼又溫柔的好姑娘。也有人說有福的是蔡家姑娘，嫁了這樣一個又踏實又忠厚的好丈夫。傻叔聽了除了呵呵傻笑外，啥也沒說的。我想他的心眼裡，一定樂得像我爹栽的那幾盆玫瑰花。

開了春，不僅花兒怒放，就連那些麻雀兒也精神抖擻起來，嘰嘰喳喳的飛躍著，私語著。好像在數說著承平日子的歡樂。

傻叔的婚事訂在黃曆上印著「黃道吉日」的三月初九，二月底我家開始忙了，裡裡外外都洋溢著「家有喜事」的氣氛。媽親手替傻叔縫了件士林藍大褂子，綿春夾襖夾褲，直貢呢鞋子。「試裝」的時候，傻叔的那張臉連耳根都紅了，臉上的「傻」氣也更加濃了些，兩隻手更不曉往那兒擺是好——就好像突然多出了兩隻手似的。

我為傻叔高興，但也替他為難，因為到時候他起碼要穿三大新衣裳，還要周而正之的戴上頂禮帽，這對傻叔來講，真是要多彆扭就有多彆扭啦。

二

開得又大又艷的玫瑰突然凋謝了，葉子跟花瓣落了一地；成天嘰嘰喳喳的麻雀也突然不見了，廣場顯得不知有多空曠，有多蕭瑟。好好的天，說冷就冷了下來，不該颳西北風的也颳起了西北風。我聽大人們說過大伏天落過冰雹，而且能把人打傷，我沒見過，我想這種氣候的突然轉變，就可能會有冰雹落下來。我盼望著，那一定很好玩。

我所盼望的冰雹沒有落下來，一口一聲「保衛大東亞」的二鬼子卻來了。

所有的人臉色都變了，也跟這種天氣一樣，緊接著，一口一聲「保衛大東亞」的二鬼子說他們要攻打寶應，在我們那兒拉壯丁，借糧食、借槍枝……我家的倉庫被扒光了，連那隻準備傻叔辦喜宴用的大肥豬也給「借」去了。借的東西還打張借條，可是我爹一轉臉就把那些借條撕了，真怪！借條撕了，將來不是沒有憑證了嗎。我悄悄的提醒爹，可是他的臉色卻繃的緊緊地兇我：「少囉嗦！」

我爹給氣得直咬牙，額上爆出一條條青筋。我總是離得遠遠的，小心火燭，深怕他會找碴兒揍人。

那天我一進門就見到爹和傻叔發生了爭執，後來我才知道我家賴以為生的那條大木船也被借去了，說是運兵，爹和傻叔都要跟著去。

「不行，我一定要去。」爹的眼睛瞪得圓圓的。

「難道我就不行？笑話！」傻叔也氣呼呼的，一反常態，第一次這樣頂撞爹。我不由的捏把汗，真擔心他們動起手來。

「哎呀，大順子爹呀，傻叔在船上又不是一天了，」媽趕忙出來打圓場：「你還有什麼不放心的？」

「你不懂，」爹的臉色凝重，聲音裡透著一種不可動搖的力量。「我一定要去！你——」

「你甭說了，大哥！」傻叔像是吃了秤鉈鐵了心，那樣固執著：「我求求你！」

「蔡家姑娘還在等著你辦喜事啊！」爹恐怕他把這層事兒忘了。

「我沒有忘記。」傻叔一面收拾起劈木材的斧頭。

「不過，」爹猶豫一下：「你一個人也不成呀。」

「他們既然是運兵，」傻叔說：「還愁沒人手嗎？」

自從傻叔走後，爹好像一天也說不上一兩句話，我想他心裡一定很難過。本來嘛，糧食、豬和船都被「借」了去，任誰能不難過呢？爹一個人經常坐在那張籐椅上，一坐一整天，閉上眼睛，好像是睡著了，其實不是的。

第三天，傳來了一個可怕的消息，傻叔裝了一船日本鬼子去寶應增援，到了寶應湖，傻叔竟用斧頭把船底劈了個洞，連人帶船一起沉了下去！死裡逃生的只有水性特別好的兩三個人，這個消息也就是他們傳出來的。

那天爹聽了竟然沒講一句話，沒吭一聲氣，我發覺他的眼圈紅紅的、腫腫的，我忽然想到自傻叔走後他完全變了樣兒的原因了，是不是他早已知道了呢？

「想開點吧，不要再為船難過了。」張爺爺勸我爹說：「留得青山在，不怕沒柴燒，以後太平了，再重新造個。」

「船，我一點也不難過，那完全是身外之物。」爹的喉嚨嘶啞了，深深的嘆了口大氣。「傻叔年紀還輕，這次本來我決定自己去的，可是他怎樣也不肯。」

「原來你們早就計畫好了的？」韓老伯問。

「嗯。」爹點點頭。「只有用這種『破釜沉舟』的法子，才可以保全更多人民的生命財產。」

「哦！」所有在場的人都訝異起來。

「他臨走時也沒有留下什麼話嗎？」半晌，有人問。

「他要我好好安慰蔡家姑娘，勸她擇人而嫁，千萬不可耽擱了終生。」爹沉痛的說：「他那點田地，留給蔡家姑娘陪嫁用。」

大夥兒都被感動得目瞪口呆，也都跟著流下淚來。

三

算算日子，傻叔成仁已經整整三十個年頭了，只要我一閉下眼來，他的容貌就會出現在我的腦子裡。傻叔其實一點兒也不傻，而且是位道道地地的民族英雄，雖然他的嘴裡從沒有說過國家民族這類的字眼。

今天是他的忌日，既無墓可掃，亦無碑可祭，思念之情，只能寄於筆墨，揮淚握管，不知所云。

民國六十二年四月六日《中央日報》
民國一〇五年三月修正稿

翡翠戒指

世紀的年輪剛剛輾過二十世紀，人類基於物質文明不斷的進步，慾念不斷的提升，妄想不斷的擴張，於是，人類的靈魂與道德觀念便逐漸被壓縮終至沉沒，甚至喪失了自我。

然而，人們都看到了這個世界所包含的醜惡，又懶得去開闢一條通向美好的途徑。自以為受到了無可訴說的屈辱，便產生一種報復的心理，慾念與反抗形成一種動力，於是，一些人連自己也不知道在做些什麼了。如果我們能閉上眼睛想一想，就該知道這不光是你，也包括了我。

天上畫一道虹，抱著一座山，遠遠的看過去，那虹，那山，真像是一只戒指；一只墨綠色翡翠戒指。寒假過後，我臨來台北前兩天，阿英偎依在我的身旁，當我告訴她我畢業回來時給她帶件禮物，問她要什麼時。她說：「要什麼呢？那時你剛畢業，哪來的錢？我，什麼也不要。」我的自尊心彷彿挨了一棒，怔了怔：「我學的是文學系，我可以寫稿，有稿費可拿呀。」她直直地望著我：「是寫文章登在報紙和雜誌上？」我點點頭。她的眼光裡有著一層希望的火花在瞳仁中閃爍、流轉。「啊，那太好了，那太好了！」我提醒她：「你還沒有說出你喜歡什麼呢？」「那——」她那對眼睛，晶瑩得好像在閃耀著某些猜不透的東西，我恍恍惚惚的被迷惑，恍恍惚惚的樂於被迷惑。「那個，」她指了指那虹，那山：「你看那像是個什麼？」我欣喜的叫著：「戒指，一只翡翠戒指是吧？」她抿抿嘴，淺笑著：「好麼？」我立即答應了，答得很爽快：「好，沒有問題。」

沒有問題？在畢業的前兩個月，我就暗自計畫這只戒指了。我曾經過多少深夜的苦思，寫了好幾篇自以為很像個樣兒的作品，投寄到雜誌和報社。當我每次脫稿後，總要細心的閱讀一遍，修改一遍，不，有時三易其稿、四易其稿。然後用只信封封好，於是，那只信封裡裝的不再是文稿了，而是一個希望。我也不知去過多少次的銀樓，隔著一層玻璃，望著那些放在小盒子裡的戒指，有寶石、鑽石、瑪瑙、翡翠、珍珠、白金、K金……「那只，那只鑲翡翠的最好看；那樣的款式，那樣的色澤，戴在阿英那樣白白嫩嫩的手指上，才會產生出耀人眼目的光華。」決定了，嗯，就是那只。阿英戴上了這只戒指，她一定會伸出手來給人看，告訴人們說：「這是某某人買給我的。」她會特別強調那是我寫文章所得的稿費，臉上堆滿了榮耀。她說這話時，心裡會高興成什麼樣子？她此刻大概成天都在期待著，期待著那樣的一只戒指吧？少女大都是這樣的，雖然她嘴裡不說。第一次寄出的那篇大概至多再有一個星期就該發表了，說不定就是明天。哼！你別瞧我這身不顯眼，不像個顧客是吧？到時候只要你說個數，老子連價也不還，鈔票朝櫃台上一放，嘿嘿，古語說得好：人不可貌相，海水不可斗量。那時你就該知道我原來是個「作家」了吧！

就照最低行情，一千字四十塊計算吧——聽人家說是這樣的，我寫了三篇總共有五萬字，五四兩千塊足夠了。看來賺錢並不難，難的是頭一回，就跟女人生孩子一樣，頭胎過了，以後駕輕就熟，就該順當多了。寫文章要懂竅門，不是有那麼一句老話麼：「天下文章一大抄」，難什麼？

其實我也不能算是抄，只是有時轉不過彎兒來，借用一段兩段，或者引證三行五行那倒是實在的。

我又看到阿英在臺中車站接我，脖頸伸得好長好長，那樣子真像是——真像是什麼？想不出。總之，又滑稽又好看。她的眼睛一閃一閃的在說話，我雖然聽不到，但我猜得出，是在說一些像詩那般美的話。我將手伸出窗外，向她揮動，她沒見著，我又拿了一本雜誌——那裡面刊有我的作品的雜誌，向她揮動，她終於看到了。於是她也向我揮手；她手裡有條粉紅的小手帕，大概上面有著小黑花，一幌一幌的活像是一隻正在飛舞著的花蝴蝶。我下意識的摸一摸口袋，一摸就摸到那裡面裝著一枚翡翠戒指的小方盒。一下車，阿英就迎了上來，我一把拉過她的手，什麼也沒說，什麼也沒講，就掏出那只小方盒子，取出那只華光四射的翡翠戒指，套在那隻白白嫩嫩的無名指上。她的眼中含著一眶欲凝欲滴的晶瑩，嘴角卻咧開著笑了。我們在附近一家「愛瑪」冰菓店坐了下來。她的目光從戒指拉到我的臉上，輕聲輕語的問：「哪裡來的錢？」驕傲在我體內每一個細胞裡發了酵，我得意的挑一挑眉毛，揚一揚手裡的雜誌：「是它送我的。這種款式和色澤好不好？」她沒有回答我「好」或者「不好」。她的眸子裡裝著夢，裝著虹，而我，則是個捕捉夢，捕捉虹的大男孩子。「啊，你的小說發表了？」她歡欣的接過了雜誌：「我看！」她低下頭去，默讀著。這篇小說我自己雖然是已讀過不只十次了，但仍然勾過頭去，跟著她默讀下去，津津有味的。我握著她那隻戴有翡翠戒指的手，心想：這次不會再是夢了吧？這隻手明明白白清清楚楚是真的呀！然而，一高興，醒了，仍然是個夢。

醒了，是的，夢真的是醒了；我那些篇嘔心瀝血的大作全部都原璧歸趙了。那些編輯，哼，統統是稀飯鍋裡下湯糰——混蛋！不然，我費了九牛二虎的力氣寫出的那些作品，怎麼都不夠水準？嗨，到現在我才轉過向來，要想寫作，要想發表，要想成功，除非你能有那個能耐；先打進那個小圈圈裡去，否則，一切休想。

為了阿英，為了愛情，一只翡翠戒指是非要不可的，即使偷，我也願意！要是能夠偷得著的話。如果他們知道我是為了可愛的阿英，我想他們應該會原諒的。除非，除非他們一個一個都是清一色沒心沒肝的傢伙！然而這個世界上沒心沒肝的人偏偏就有那麼多，舉個例子來說吧，其實不用舉，那些編輯就是。

早就該回臺中了，結業後第二天，阿英一定會在車站等我咧，這是我們事先約定了的。她真不知道要急成什麼樣子了。等人本來就是件使人不耐的事，要是幾班車都等不著，那就更叫人惱火了。我自己就曾有過這種經驗。此刻我的心裡真是好有一比：好比王八肚裡穿根針——龜（歸）心似箭。但我卻不能回去，甚至連封信也不好寫給她；信上該怎麼說？其實呀，不買也是一樣，她不會在乎這個的，她愛的是我這個人，不是戒指。她不是跟我說過：「你剛畢業也沒錢，什麼我都不要」的麼？這話說得多夠體貼呀，但是自己卻吊死鬼擦粉——死要面子，一定強迫人家說吶。「我可以寫稿，有稿費可拿呀。」這話在當時說說似乎並不難，嘴一張就溜出來了，怪順當的，沒想到做起來卻這樣的不容易，「知易行難」，難道世界上的事都是如此的麼？唉！話一出了口，就跟水潑到地上一樣，再也無法收回了。尤其是對自己所愛的人說出的話，就更得算數，就更得兌現不可。否則，往後自己說的話她就得在心裡掂掂吶，那成話？

阿英老是等不到人，心裡該會怎麼個想法？事先應該寫封信去的，扯個謊，就說是在臺北臨時有點什麼事，要耽擱幾天，不就成了？也免得叫人瞎等。她一定要生氣了，她生起氣來的樣子真好笑，嘴巴一噘，眉毛一皺，眼睛一瞪，活脫像在跟誰扮鬼臉似的。頭一回我就給她那種怪模樣逗笑了，結果連她自己也笑了起來，我猜她那天一定是從穿衣鏡裡瞧見了自己。不過好笑也罷不好笑也罷，叫人家生氣總不是件好事。

阿英會生我的氣麼？不會生我的氣麼？

彩虹，青山，幻夢。旋舞著，旋舞著……

小說登不登倒不要緊，主要的是錢。有錢好辦事，只要有錢，便什麼問題都解決了。到時隨便買本雜誌，隨便指個名字，就說是自己的筆名，反正是沒憑沒據的，她曉得個屁？對了，那一篇自己得先看一遍，不要到時她問問裡面寫的是什麼，一問三不知，那可就傻眼兒啦。

老天爺大概也是屬於「鐵石心腸」那一類型的，一點人味都沒有，凡事你急祂不急，怎樣也不肯幫個忙；最近幾個月來「愛國獎券」，哼，這名字起的不錯，確是名副其實的，全都它媽的「愛國」了。

錢，錢，錢！無論如何，不管怎樣，我都要獲得它！所謂藝術，所謂良心，統統是狗屁！錢是一切，錢是主宰！記得沙麗麥克琳主演的一部影片，叫做「傻女十八嫁」，其中有一個窮極潦倒的畫家，窮得連飯都吃不週全了，一天他不在家，一隻猴子在他的畫布上亂抹一通，結果那張畫布卻被認為是什麼派的稀世名畫。後來那位畫家便買了很多隻猴子來大量生產，因此走紅，因此成名，因此發財了。藝術、良心，就是如此。總之，誰能有辦法弄到錢，誰就是萬能的神。別的，什麼都不管用，都不落實。讀書為的什麼？就業為的什麼？說穿了，那些這些，還不都是一回事。想得太遠了，太多了，想得那麼遠那麼多幹嘛？現在我該如何的想法子弄到錢，買一只我曾經允諾的戒指；這似乎不光是為了戒指，而是面子，而是自尊，一諾千金這才是當前的第一要務。錢是主宰，錢是一切……

我在街上孤獨的想著，孤獨的走著。天空罩著薄霧。商店裡的人，商店外的人，似乎個個都比我強。這是多麼的不公，多麼的不平！憑什麼？我的腦子裡彷彿裝有一大堆推不開的怨憤和仇恨，但又不知怨的是誰，恨的是誰？空空茫茫的。突然，一聲能撕裂人的神經中樞的剎車聲，接著一聲怒吼：「想死？」我一驚，這不是我，而是小周，他正在一輛小貨車前歪歪斜斜的。我一把將他拖了過來，說：「幹嘛了，你？」

小周大概是吃了點酒，臉上紅通通的，神經質的自言自語沒頭沒腦的說：

「不能運用智慧的人是個傻子；不敢運用智慧的人是個奴才。」

我茫然的問道：「你說什麼，嗯？」

小周抹抹嘴，抹出了一股酒氣。

「我在想一首詩；一首德拉蒙德的詩。」

我要求著：「你再說一遍。」

他微閉著眼睛，擺出一副詩人的風貌。

「不能運用智慧的人是個傻子；不敢運用智慧的人是個奴才。——原詩句大概不是這樣的，我記不清了。」

我忘記了是在馬路上，大聲的嚷著：

「對，是的，就是這樣的！」

他睨視著我，半晌才說：

「你讀過德拉蒙德的詩？你記得？」

我擺擺手：

「不，我沒有讀過他的詩，我說的是這個社會；這個社會就是這個樣的！不管什麼事，如果不運用智慧，光是去憑真本領硬工夫，那就把人給坑死了。」

他的酒意似乎消了些，一臉嚴肅的說：

「所謂英雄之見略同。比方說吧，我因為戀愛短少一點經費，要是正正經經的，絕對沒有辦法能夠弄到錢的，我現在打算——」原來他跟我竟是同病相憐的一對難兄難弟。

他咬著我的耳朵，如此這般的一說，我才恍然，對他也不得不「刮目」了；他竟是個能夠運用而且敢於運用智慧的人。

我恭聽完了他的「如此這般」之後，拍拍他的肩膀：

「全部OK！」

小周得意的走了，約莫有兩個小時，又得意的回到宿舍。一面把手裡的紙包在桌上打開，一面壓低了聲音叫著：「看——寶！」音調拉得長長的，真有點大陸上開寶看堆的韻味。紙包打開後，是一疊請柬。那上面印的是：

謹訂於五十四年六月二十八日下午七時於臺北市濟南路民眾服務處大禮堂舉行育樂晚會。美女如雲，歌聲繞樑，包君滿意！

大華劇藝社謹訂

敬請

光臨指導

請柬左下方，蓋了個「大華劇藝社」的圓戳子。旁邊印著排數與座號。

他解釋著：

「跑機關，派票子；一張票二百塊或者一百塊都行。這玩藝兒跟說相聲一樣，至少要兩個人，才能一拉一唱的扣上點兒。」

我沒有作聲，他繼續著：

「就說我們是一些愛好藝術的青年，組織了一個戲劇研究社，一方面請他們欣賞，請他們指導，並且請他們贊助。話一定要委婉動聽，態度一定要謙恭有禮；還有一點，也是最重要的一點：心一定要黑，臉一定要厚：『厚黑學』不僅是官場上的法寶，簡直像是麻將裡的『百搭』一樣，在任何場合都管用，都無往不利。人家要是損你幾句，挖苦你幾句，你不但不能嘔氣，不能冒火，而且還要笑臉迎人，套句俗話來說，叫做『和氣生財』。用句商業的術語來講，叫做『笑臉攻勢』。再說得露骨點，就是只求達到目的，不擇任何手段！呶，這裡是兩百張票子，就算每張一百塊，也有兩萬塊可撈。這比起那些在路旁耍紙牌賭假錢的堂皇多了，比起那些搖筆桿寫文章的也高明多了。是吧？說穿了，這個世界就是這樣，誰的心黑，誰的皮厚，誰的花樣巧，誰就有辦法！」

我迷迷糊糊的問：「到時怎麼樣演出？」

他一拍大腿，打著哈哈說：

「演出？你老兄真是七竅開了六竅——一竅不通！告訴你吧，戲票買了，鈔票賺了，就剃頭的拍巴掌；完事了啦！」

我說：「我有兩點意見：第一、必須邀請兩位女同志合作，因為現下人們的眼睛似乎只有看到兩樣東西才會動心；鈔票和女人。也只有風姿綽約能說會道的美女，才能使他們心甘情願的掏出鈔票。第二、票子的號碼印重了，全是一二三排的，呶，你看。這得改一改，雖然是假的，也要假的像真，對吧？」

小周像個主席似的作著結論：

「嗯，第一點很高明，很有道理，本人亦有同感，並且負責完成任務。至於第二點嘛，我說你老兄真是黃河底下的沙子——淤到家了。那是本人特意如此的呀，因為只有好座位，才好跟他們要好價錢；這些都是特別座嘛，重複號碼有啥關係，反正是不要演出，反正是沙鍋裡搗蒜；一錘頭的交易。你還想圖個下次？」

事情就是這麼決定了。

次日，剛開過早飯不久，桂卿齡和項泰媚兩人就打扮得花枝招展般的來了。從這身打扮上看，就可知道她們是經過刻意修飾過而對此工作也是興致頗濃的了。

人馬集合齊全後，彼此交換一下意見，立即出發。我們的心中都彷彿滿裝著無可訴說的屈辱、慾念與反抗在我們的體內形成了一種無限大的動力，這動力使我們扛著「以牙還牙」的招牌，恍恍惚惚的走向罪惡的深淵，也恍恍惚惚的樂於走向罪惡的深淵。

然而，當我第一步跨進一幢辦公大廈時，心裡立即產生出一種說不出的矛盾，這矛盾逐漸展開，擴大。它使我困惑，使我膽怯，這真是事先不曾想到的。「良知」彷彿程咬金似的從半途之中突然殺將出來，它向我諷譏，向我訕笑，向我詰責。來勢頗凶，幾乎使我的意志瓦解、粉碎。我不斷的和困擾著自己的矛盾掙扎、搏鬥。終於，我咬了咬嘴唇，下了個決心，那就是：不管是怎樣，必須握著一個不變的原則；只求達到目的，不擇任何手段！

一杯濃茶、一支香菸、高等的桌椅、高等的設備……我為這些人的享受而嫉妒。他們之中的任何一個決不會因為一只戒指給逼成像我這個樣子的。……那朦朧的思維，使我報復的意識漸次加深，加強。良知與道德觀念逐漸被壓縮終至沉沒。於是，矛盾的心理解除了。

我們找著了一位總務先生，我堆著一臉隨時可以抹下來的笑容。

「我們是剛成立的一個劇團，訂於本月二十八日下午於本市濟南路民眾服務處大禮堂首次公演。」我拿了六張票子，遞給對方，謙恭有禮地說：「敬請光臨指導」！

那位總務先生楞了一下：

「嗯？」

項泰媚馬上接了過去：

「這種票子是贊助性質，座位全是最好的榮譽席特別座，因此嘛，票價也稍稍高一點；兩百元一張。」

總務先生這才繞過彎來，連忙搖頭擺手的說：

「我們不要，我們也沒有時間。」

桂卿齡全身線條極美，該凹的地方凹，該凸的地方凸。讓人看了無不魂恍神惚，心猿意馬。她在說話之前先免費的送了個微笑，又加了個秋波，然後嬌嬌滴滴的開腔了：

「先生，君子有成人之美。我們這是新籌組的劇團，第一次演出，也是第一次請您賞光，您好意思這樣一口拒絕了麼？」她的嘴巴撒嬌的糾著，讓人瞧著又好看又心疼。接著又說：「況且，我們演出的節目也很不錯咧。比方說吧：舞蹈、歌唱、話劇等等，不但是一應俱全，又都是第一流的。這是初次籌組，經費無著，將來情況轉好了，不但不會再打擾您，還要免費恭請閣下光臨啦。如果您一張不買，那也是應該的，不過，您忍心看著我們這幾個人頭一次就碰壁麼？您看外面的太陽那樣大，天氣那樣熱，我們要是老是派不出手，就要給曬化了，曬焦了啦！我看這樣好囉：這層事兒呢也非得大夥兒幫忙捧場不可，就請您認購一半；三張好啦！」

桂卿齡真行，你別瞧她在學校裡的成績差勁，說出的話兒卻句句入耳，字字中聽。尤其是左一個「您」字，右一個「您」字，帶點兒鼻音，比吳鶯鶯唱的「天上月光迷濛，鳥兒對對深深入夢……」那首「空幃殘夢」還醉人。

那位總務先生，平日裡大概總是聽主官那些冰冷冷的官腔，現在聽了這麼一番又甜又蜜的話兒，真好比臘月天喝了一大碗熱呼呼酒釀湯圓似的，不曉有多受用，不曉有多舒坦。他開始盪漾起來，飄然起來，抓抓頭，撈撈腮，期期艾艾地說：

「這位小姐真會講話，敢情也是位演員吧？」

桂卿齡無限情意的朝他瞟一瞟眼，話兒又來了：

「像我這樣哪兒夠格？我們劇團裡的小姐真是一個比一個甜，一個比一個美。到時要是您能夠撥冗光臨，我負責招待您啦；我是總招待。」

總務先生嚥了口吐沫，有點兒心動了，不過——是不是可以這樣說，是因為總務當久了的原因呢？他又不自覺的猶豫起來，不自覺的自言自語著：

「太貴了嘛，兩百塊一張！」

這是種人海戰術，項泰媚馬上接著說：

「我們剛才不是說過？這是贊助性質，而且又是榮譽席特別座，吶，您看，這幾張票全是第一排的嘛。」

結果，這筆交易總算是成了；三張票子共計是五百塊。

以後有些地方是很順當的，也有些地方是很難纏的，不過我們個個都是有舌如簧，個個都是「厚黑學」專家，因此大都能夠成交，頂多是價錢方面稍有出入，以示「優待」而已。

傍晚時，全部票子推銷完了，共計得款二萬二千三百塊。

絞腦汁絞了多少天，也沒絞出一個子兒，現在輕而易舉的就賺了這麼多！我不得不由衷的對小周的智慧讚嘆了，假如他去美國的話，我想美國的火箭老早就該跑到月球上去了。

我高高興興地走進那家曾經不知去過多少次的銀樓，大大方方的叫那位曾經對我不睬不理的店員拿出那只晶瑩的翡翠戒指。神氣地問道：「多少錢？」她看了看我，眼中帶著一種似曾相識的意味。「兩千二百元。」我把它放進那只小方盒子裡，連眉也沒皺，價也沒還，就拿出它所說的數字，往櫃台上一放，然後昂首而出，我彷彿有了一種報復她以往對我冷漠的滿足。錢，就是有這點好處，只要有，不管是從什麼地方來的，也不管是怎樣來的，都是一樣，管用！嘿嘿，神氣！

我坐在藍色的車廂裡，坐在藍色的夢裡。窗外一野盈盈欲滴的翠綠，織成朦朦朧朧的炫光，漾著朦朦朧朧的笑意。我不只一次掏出那只戒指，凝視著，凝視著。晶瑩的戒指，好像在閃耀著某些猜不透的東西，我恍恍惚惚的被迷惑，恍恍惚惚的樂於被迷惑。啊，那個夢，那個辰光……

下了車，車站上沒有阿英，卻多出兩個來回走動的警員，橫鼻豎眼的瞅著我。我，不自覺的頭皮一麻，不自覺的打了個寒顫。莫非東窗事發，臺北已經有了長途電話來了？我忽然想起在臺北車站上車時，也有那麼一個警員，也是那樣橫鼻豎眼的瞅著我，我不敢逗留，不敢東張西望，只是一個勁兒的往外擠，一個勁兒的往前走去。

「喂！胡晉笙。」

一聲吆喝，這麼吆喝比那剎車聲還叫人心驚肉跳，還要能撕裂人的神經中樞！我長了這麼大，從沒有聽到有人這樣招呼過我，那彷彿有萬鈞之力，驚天動地的。我，一怔，不得不停止腳步，不得不轉過身體。這動作完全是種自然反應，就好像一隻狗在奔跑時遇到一條溝便一蹤身跳過去一樣。只是一種行動，一種自然反應，沒有一點意識上的活動。此刻，我真像是吃了些海洛因，又像立於懸崖，不知如何自處；又似乎要哭，但又不知為什麼要哭。而這些直感完全建立在「好像」和「似乎」上，不能產生實在的情緒，「似乎」連真正的自我也「好像」模糊起來了。暈眩，暈眩，我的腦子裡除了暈眩還是暈眩。

「病啦，你？」

這聲音彷彿來自遙遠。

我抬起頭來一瞧，原來竟是中學時的同學小黃。我喘息著，一面用手帕擦著汗，一面結結巴巴地說：

「噢，噢，我，我沒有，我沒有病；只是，只是累了點。」

小黃瞪著我：

「你只是累了點？」

我努力的鎮靜著，但仍然有一種難以掩飾的飽受驚恐後的餘悸。

「嗯，」我說：「我得回家去休息。」

事實上我並沒有回家，我逕自去了阿英家，我要給她戴上那只翡翠戒指，我要看看她戴上那只翡翠戒指後高興的樣子。同時阿英家離車站近些，此刻我也真的需要休息休息了。阿英的父親蔡伯伯見了我非常歡迎，他忙著給我倒杯茶，忙著給我端張椅子，因為他知道他的女兒阿英很喜歡我，我也很喜歡她的女兒阿英。他首先告訴我阿英到她姑媽家去了，待會兒就會回來的。然後便問我這樣，又問我那樣。然後，他又告訴我他今天早上也是從台北剛剛回來。

「台北真熱鬧，真好玩。」他說：「就是有一樣不大好——人心。」

我問：

「怎麼個不大好呢？」

他告訴我說：

「前天晚上我的一個朋友請我去民眾服務處看什麼育樂晚會，票子是一百五十塊錢一張，一張票子就是一袋多的麵粉咧！我想這樣貴的票子，節目一定是很不錯的了。因此，一吃過晚飯，洗了把臉，我們兩人就坐輛三輪車去了。老遠老遠就看到民眾服務處門口圍了好多人，不曉得發生了什麼事，到了跟前一問，好，原來那些人都跟我們一樣，是受了騙的，根本就沒有什麼晚會不晚會的！你說說看，台北的人心壞到了什麼地步！」

「唔。」我一面聽著，一面直淌汗，血液直往上衝。

「聽說那些騙子都是些青年的學生吶。」他說：「晉笙啊，像你這樣老實的人真是越來越少了。所謂害人之心不可有，防人之心不可無。這年頭在外面啊——尤其是在台北那種地方，什麼事都得當心點喲！」

我的屁股上好像著了火，坐不住了。蔡伯伯的這些話像是一根根細針，在我的心上不住的挑著、剔著、扎著。這真比指名道姓的罵我一頓還叫我難堪，叫我不安。

有敲門聲，大概是阿英回來了，我搶著去開門，主要原因是屋子裡的空氣我受不了。

當我打開門時，就呆住了，門口站立著的不是阿英，竟是兩位彪形大漢的警員。我半張著嘴，瞪著眼，就那樣癡癡呆呆地站著，彷彿一個牧童一下碰著了兩隻呲牙裂嘴的老虎似的，連哭都找不到調門兒了。

這下輪到你們大顯威風的時候了，警察們對於這些雞毛蒜皮的小事醜事似乎頂有興頭，反應得這樣馬溜，這樣快當，這樣澈底！大概在這兩天就一直跟梢著我了。

其中一位警員操著濃重的北方口音問我說：

「你是住在這兒的麼？」

「我——我——」

我因恐懼而戰慄，因戰慄而更加恐懼。這也許因為恐懼的情緒發作時，就會有了這種現象。那兩個形如哼哈二將似的警員已跨進大門，此刻我只有一個意念，那就是「逃」，當我的腦子裡一有了這種意念時，似乎就時時刻刻都在「預備狀態」中；肌肉緊張，神經中樞的活動頻仍，彷彿一隻老鼠，時刻都處在這種狀態之下一樣。所不同的，只是老鼠已經完全適應了，而我卻不能。我的兩腿酥軟，好似被抽去了筋，拿去了骨，連支撐著身體都有種「力不從心」之感了。

「我們是三民派出所的。」另一位面孔黝黑的警員說：「請問這兒有位蔡阿英小姐麼？」

我機械的應著：

「嗯，有的。」

「她今天上午拾得一筆巨款——現金一萬二千元，送到我們的派出所，不久失主就惶恐失措前來報案了。當他得悉蔡小姐的這種義舉時，感激得什麼似的，馬上就拿出了一筆錢作為酬謝，但蔡小姐怎樣也不要。她說：『拾到人家的東西，歸還人家，這是應該的。』她說完就跑了，像這樣的好人在世風日下的今天，是值得表揚的啊。因此，我們特地來訪問一下……」

慚愧與後悔像兩把鉗子，緊緊的鉗著我的心臟。我的血液上湧，心跳加速，瞳孔放大，血壓增高，連皮膚上也有了一種電流狀態，一種電流反射狀態。

當初，我只想到這件事的成功，只想到一只戒指，如今算是成功了。然而，我的感受是怎樣呢？尤其是在這種「對比」的情況之下。「人，是不能做違背良心的事情的。」以往，我似乎並不懂得這句話的真義。現在，我懂了，完完全全的懂了。我只感到頭腦暈眩欲裂，以後蔡伯伯跟警員說了些什麼我都不知不曉，我有一種大病初癒的虛弱與迷惘。

傍晚時分，阿英跟我散步於那條以往經常散步的小徑上，她這樣不住的問我：

「你怎麼老是不說話呢，晉笙？」

我的腦子裡仍然渾濁一片，不知道跟她說些什麼是好。我的手在褲袋裡緊抓著那個小方盒子，越抓越緊，越抓越緊。終於，我聽到一聲爆裂，我的手指發出一陣刺心的痛，但我仍然用力的抓著。阿英仍然像寒假過後我臨去台北的那天那樣依偎在我的身旁，她的眼光裡仍然在閃耀著某些猜不透的東西。

「晉笙，」她幾乎在哀求了：「是我什麼地方不對麼？不然，你為什麼要生我的氣呢？」

我仍然沒有作聲，當我們走到一條小河邊時，我抽出那隻握著小方盒子的右手，血，從手指間一滴滴的滴著。阿英的眼睛突然的睜了好大，惶然的驚叫起來，我將那隻被捏開的小方盒放在鮮血淋淋的手掌中，那只翡翠戒指從裂縫中露出。我凝視片刻，然後將它拋進滾滾而流的水中。

阿英詫異的叫著：

「一只戒指，那不是一只戒指嗎？」

我無聲的點著頭。

她眨著一雙愕然的眼，望著我說：

「這是怎麼回事？晉笙，這到底是怎麼回事？」

我說：「回去吧，回去讓我慢慢告訴你。」

她拉過我的手，用手帕擦著那些血跡。

「它刺傷了你的手，痛吧？」

我搖搖頭：「不，它刺傷了我的心。」

在歸途中，我默默在想：

世紀的年輪剛剛輾過二十世紀，人類基於物質文明不斷的進步，慾念不斷的提升，妄想不斷的擴張，於是，人類的靈魂與道德觀念便漸次被壓縮終至沉沒，而凝結於物質與慾念下喪失了自我。

然而，人們都看到了這個世界所包含的醜惡，而又懶得去開闢一條通向美好的途徑。自以為受到了無可訴說的屈辱，便產生出一種報復的心理，慾念與反抗形成了一種動力。於是，一些人連自己也不知道在作些什麼了。如果我們能閉上眼睛想一想，就該知道，這不光是你，也包括了我。

民國六十五年七月《文壇》

芳鄰

一

張阿姨和錢阿姨跟我家是鄰居；一個住在我家左手，一個住在我家右手。

錢阿姨家裡布置的漂亮極了，電冰箱、電唱機，還有彩色電視機！我時常跑到她家去玩，但是她對我這個不速之客並不歡迎，有時把臉子拉得好長，或者說些拐彎抹角的話，要我回去。我呢，為了等著看「彩色節目」，總是裝聾作啞，大智若愚。於是，她就乾脆向我下逐客令：「小佩，快回家去吧，錢伯伯回來會罵人！」到了這種地步，我自然就不好意思再老臉厚皮的賴下去了。其實我知道錢伯伯跟誰一見面都打哈哈，從來不罵人，錢阿姨在說謊。

張阿姨搬來時情形則完全不同了，就是單身一個人，一隻箱子，一捆行李，其他所有的用具，不是臨時買的蹩腳貨，就是向房東借的，差勁透了，如果跟錢阿姨比一比的話。

不過張阿姨人挺好，不但常常買東西給我吃，還講故事給我聽。因此，不久我的腿就跑熟了，只要她一回來，我就準時報到。

「小佩，妳一出去就是老半天，都到哪兒去玩啦？」一天媽這樣問我。

「張阿姨家，」我說：「張阿姨好好喲，她講的故事比夏姐姐還要棒！」

不知為了什麼，媽的臉子忽然板了不來，說：

「下次不准再到她那兒去玩，知道嗎？」

「為什麼呢？」

「她姓張，人也髒！」

「不，她不髒，她穿的衣裳好漂亮好乾淨吶！」

「妳不知道，小孩子要聽話。」媽把我拉到跟前，將我的衣裳整一整，說：「要玩就去錢阿姨家玩，那兒還有彩色電視看，多好！」

「可是錢阿姨不喜歡我。」我鼓著嘴說。

「誰說的，前天我們去她家，她還不是拿糖果給妳吃嗎？」

我還想說不去，一個身影移到門口，把正在院子裡啄食的一對蘆花雞給嚇得一下子飛上了院牆。我抬頭一看，原來是錢阿姨。

「喲！錢太太裡面請坐，」媽笑顏逐開的說：「有事情嗎？」

「我來是請妳去教堂聽道的。」錢阿姨坐了下來。「晚上七點半，在××路，到時我用車子來接妳，怎樣？」

「這——」媽猶豫著。

「我們每一個人都應該信主，主會告訴我們怎樣做人。」她的臉上一直漾著又慈祥又和藹的笑意。「信主的人是有福的。」

「好吧。」媽雖然不信什麼教，但也終於點頭了。

剛過了七點，我家的門口停了部嶄新的黑轎車，錢阿姨穿了件黯黑色的旗袍，把媽接了進去，然後又到另外幾家去了。

媽雖然是第一次坐轎車，不過那次坐得並不開心，因為車子還沒有出巷口，就把周爺爺家養的那條小狐狸狗的腿給壓斷了。

「車輪上，地上全是血，看了叫人心裡發毛。」媽回來說：「小狗叫的聲音淒厲極了，真是入耳鑽心！」

「那好，還沒有進教堂，就發生慘案了。」爸說。

「那條小狗好好玩喲，」我想起那條純白的小狗，見到我又搖頭又擺尾的樣子，惋惜的說：「太可惜了！」

「周老先生怎麼說？」爸問。

「錢太太回來時就從南京東路買了一條，而且一直向周老先生賠不是，倒弄得周老先生不好意思起來了。」

後來日子久了，我也漸漸的懂事了，我瞭解媽所以要我到錢阿姨家而不准到張阿姨家玩的原因了。這倒不是因為錢阿姨家有錢，錢伯伯又是什麼公司的董事長，而是她們做人規矩，時常進教堂，並且勸人為善。張阿姨人雖然挺好，但是她卻是個舞女，晚出早歸，專門跟那些不務正業的男人在一起鬼混。

自從我知道了這些之後，我對張阿姨的印象也不像以往那樣了。她雖然穿得很時髦——尤其是那件鑲著碎花的銀白色旗袍，人也長得很漂亮，但在我那小小的心靈中卻比魔鬼還要醜陋。有一天她從外面回來，手裡拿著好幾串改良種的葡萄，又大又亮，叫人一看就直嚥口水。她向我招招手說：

「小佩，來，這葡萄給妳吃。」

要是換了別人，我一定會又蹦又跳的跑過去的，可是當我一想到她的為人，連同那種胃口也失去了。

「我不吃。」我想起媽媽曾經說過的一句話，鼻子一皺，說：「哼！妳姓張，人也髒！」

我不知道她心裡的感覺怎樣，只見她一楞，原本爬滿笑容的臉上，立刻冷了下來，羞愧的低下頭，不聲不響的走了。

以後她每次跟我見面，大概是深怕我這張沒遮沒攔的嘴給她難堪，總是把頭低得很低。就這樣，我有時仍然會惡作劇的跟在後面直嚷嚷：「羞羞羞，陪男生跳舞！」引起好多路人看她，在當時，似乎她的難堪能有多大，我的喜悅也就有多大。

二

媽忙裡忙外的弄了一大桌菜，因為外公來了。為了隆重起見，方伯伯和盧叔叔請來了，錢伯伯不在家，錢阿姨代表，還有周爺爺也請來了作陪，再加上我們自己一家人，剛好是一張大圓桌。左鄰右舍都請了，單單沒有張阿姨。

其實不僅我們家，其他人家請客也是如此，好像大夥兒商量好似的。

外公那天很高興，多喝了兩盅，臉上紅通通的，顯得突然年輕起來。待客人離去後，他把爸叫到跟前，從皮包裡拿出一大疊鈔票說：

「我就是一個人，這是我剛領下來十二萬四千塊錢的退休金，放在你這裡，你要用就用，要存就存，你自己拿個主意。我呢，雖然退休了，但我的體格還算硬朗，也閒不住，因此，我已經在一家工廠裡找了個會計工作。」

「不，」爸說：「您老人家既然退休了，就該享享福了，又何必還去勞碌呢？我看就在這兒住下吧。退休金我給您開個戶頭，存在銀行裡不好嗎？」

「你不知道，一個操勞慣了的人，閒下來比做事還累人。」外公說：「所以這些錢我還用不著，就算我託你代存吧。」

「爸爸的脾氣我是知道的，明德，你也不用再勸爸爸了。」媽接口說：「這錢嘛，我看不如放在錢先生的公司裡；這裡不是很多人都把錢存在他們那兒嗎？他們夫婦倆的品德都好得沒話說。不但利息厚，而且又靠得住。」

「錢阿姨的品德一點也不好，而且會說謊。」我猛古丁的插上一句。

「小孩子別瞎說！」媽白了我一眼。

「我才不瞎說哩，我一個人去她家玩時，她就說：『快回家去吧』，」我學著她那天跟我說話的腔調：「『錢伯伯回來會罵人』。妳帶我去的時候，她就拿糖果給我吃。」

「錢存在哪兒都無所謂，」爸沒有理會我。「只是爸——」

「我應該不要幹活兒了，應該茶來伸手飯來張口的享享清福了，是吧？笑話！張岳老說的話沒錯：『人生七十才開始』。我今年六十五，還早得很咧！」

最後就是這樣決定了，外公仍然上班，退休金由媽交給了錢阿姨。

真如媽所說的那樣：利息厚，而且又靠得住。有時還沒有到月底，錢阿姨就拿著一大疊一大疊的鈔票，挨門逐戶的親自送去，也許因為錢阿姨的人緣好，也許因為錢阿姨的信譽卓著，於是這裡那裡都往她們的公司裡存款，這一來，聽說她們那家公司的營業蒸蒸日上。最令人讚佩的，就是錢阿姨雖然越來越有錢，卻非常謙虛，一點也沒有那種銅臭味，以及有錢人所特有的那份盛氣凌人的傲慢。

三

鄰居們都在錢阿姨家的門裡門外議論著，一定是發生什麼大事，我吃了飯連嘴也沒有擦，順手抹拉一把，便從人襠子裡擠了進去，原來是她家一大早大門就開著，屋子裡比較貴重點的東西——如電唱機、電視機、電冰箱都不冀而飛了。這明顯是遭了小偷，這時我所想到的只是那架彩色電視機，這一帶沒有第二架，這下聯想老臉厚皮的看看「彩色節目」的地方也沒有了！

「錢太太也真是，夜裡不回來怎麼也不關照左鄰右舍一聲呢！」

「現在的小偷都是大搬家，前些日報紙上你們沒看過？」

「我們這一帶從來就沒有發生過這件事，我看吶，八成兒有內線。」

「對，我也有這種想法。這內線嘛，沒有則罷，有的話，準是那個晝伏夜出的貓頭鷹！」

「嗯，可能可能。別的，我們這兒就沒有一個閒雜人。」

大家正在你一言我一語的說著，警察來了，媽搶先的把錢阿姨家失竊的事告訴了他們。

「你們是和尚的大襟——全弄左啦，」警察說：「他們因為虛設行號，騙了幾千萬跑了，現在被通緝中。我們是法警，來查封他們家財產的，想不到他們竟搶先一步的把東西連夜搬走了。」

「噢——？」

「竟會有這等事！」

「他奶奶的，原來他們竟是人面獸心！」

盧阿姨大概存了不少錢，一聽到這個消息，兩眼朝上一翻，當時就暈了過去。

四

「這該怎麼辦？十二萬四千塊全部撇了，我的老天！這該怎辦？」媽在屋子裡急得亂轉，就像住在樓上的人看到樓下在失火似的。

「急有什麼用？他們騙了幾千萬，像我們這樣受騙的真不知有多少人呢！」爸說。

「可是我們怎樣向爸爸說呢？」

「暫時不要告訴他，等到將來我退休時，拿我的退休金再給他。」

「那我們一家人就不吃不喝拉嗎？」

「只有到時再說了，誰叫我們不識人呢？」

「我不是早就說過，錢阿姨會說謊的嗎？」我又插上了一嘴。

「好了好了，妳別在這兒煩人了！」媽仇人般的瞪了瞪我，就好像這種禍事全是由我惹來了似的。

「有時孩子們看到的比我們大人看到的，的確要真實得多。」爸說。

大概是心虛，為了這件事，爸媽一直都不敢去看外公。

兩個月後，錢家夫婦終於被抓了，判了刑。報紙上還登了他們的照片，還是那樣胖嘟嘟的，一點也不像是「壞人」，我奇怪壞人為什麼不像電影裡那樣長著一副壞人的樣子，別人不就不會上當了嗎？追回的錢以及財產的拍賣，只是一小部分，等於九牛一毛，債主們收回的一點，也是象徵性的。方阿姨氣得把收回的錢通通買了紙箔燒了，一邊燒一邊咒他們早點死，免得活著害人。

一天下午，我們住的這條巷子又來了兩位警察，在查問張阿姨。

「就是這家。」媽的嘴朝右邊一噘，然後跟對門方阿姨說：「等著瞧吧，報紙上又要有好文章好看了！」

警察掄了半天的門鈴也沒人應。

「有什麼事嗎？」方阿姨把頭伸在門外，右手扶著門，好像深怕遇到什麼禍事，隨時在準備關門的樣子。

「她還會有什麼好事情，」媽先接了腔：「這都是我們的好芳鄰啊！」

「你們要在她家的門上貼封條嗎？我家有漿糊。」我想起前次在錢阿姨家貼封條時，就找了老半天的漿糊。

「看來你們一定是誤會了，」高個子警察說：「張小姐是位難得的大好人，我們特地來訪問她的。」

「喲！大好人？」方阿姨走了出來，好像聽到什麼稀罕事兒似的，詫異的問：「怎麼好法啦？」

「有一位老先生在路上跌了一跤，因為年歲高了，患了腦震盪，一個多月了，人事不省。」個子矮點的警察說：「這位張小姐不僅把他送進醫院，花了許多錢，給他看病，而且天天都在照顧他，這種好人好事在世風日下的今天，是很難得的，也是應該表揚的啊！可是她怎樣也不願說出自己的姓名，我們費了很大工夫，才查出她的住址，因此特地來拜訪一下。」

「那位老人是誰？」媽問。

「不知道，因為他失去記憶，身上又沒有帶任何證件。」

「明德，你趕快打個電話到爸爸服務的那個工廠問一下。」媽說：「電話號碼記事簿上有。」

「哪有這種巧事？」

爸咕嚕著，不過還是去了，想不到一回來就十萬火急的說：

「可能就是爸爸，一個多月沒有上班了，也沒有說到哪兒去。走，快去看看去！」

五

外公的記憶在大夫和護士的悉心治療，以及爸媽的全力照顧之下，終於恢復了。爸媽對張阿姨真是不知道怎樣感激才好。

外公出院的第二天，我們家的大圓桌又坐滿了一桌人，差不多還是原班人馬，除了一個為大家所景仰的錢阿姨換成了為大家所鄙視的張阿姨。

「張小姐，我們一直都誤會了妳，」媽誠懇的說：「今天，我們以贖罪與感恩的兩種心情，向妳敬一杯酒。」

「我不會說話，也不知說什麼是好。」張阿姨端起杯子抿了一口。「總之，我不會怪任何人對我的誤會，因為我的職業有理由構成了別人對我的誤會。」

「張小姐，妳一共花了多少錢，請妳告訴我一個數字，這些錢應該由我們出的。」爸說。

「這樣說你就把我的本意弄錯了。」她說：「請你不要以我的職業來衡量我的全部。」

「這──」

「這樣好啦，你也敬我一杯吧，好麼？」她顯得特別高興。

「好好。」爸一仰脖子就是一大杯。「不過──不過──」

「不要再『不過，不過』啦，我雖然沒讀過什麼書，但是做人的基本原則──守望相助，這個道理我還懂得，這是任何人都應該做的事，你也不用再深說啦。」

「張小姐，我想冒昧的請問你，」方阿姨說：「以往我們一直都以為妳是個紙醉金迷的人，現在才知道妳不是那樣的。那麼，妳既然如此，為何要選擇那樣的職業呢？」

「我是個不知道父母是誰的養女，但是我的養母對我很好，像親生的一樣。不幸的是，她老人家一直鬧病，常年住院，為了應付一筆龐大的開支，我必須賺很多的錢。」她說：「我沒有受過什麼高等教育，又無一技之長，憑什麼去賺很多錢呢？因此，我只好走這條自己並不喜歡走的路了。」

「妳真了不起！」

「妳真是位平凡中的偉人！」

「……。」

「謝謝各位給我的誇獎，把我說得比原來的我自己好多了，實在受之有愧。不過這段日子總算給我熬過去了，現在我的養母也將出院。從此我也好過著屬於我自己的原來生活了。」她舉一舉杯子，站了起來。「我是借花獻佛，敬各位一杯，算是向各位辭行。」

「你要走了嗎？」

「我們是好鄰居啊，再住下去吧！」

「把妳的養母也接來，我們大夥兒供養！」

「……。」

大夥兒熱情的說著，全都是內心的由衷之言。

「各位的盛情我非常感激，只是我養母多少年已經習慣於她原有的生活環境，不會同意到任何地方去的。大家對我這樣厚愛，我永遠也不會忘記，以後只要我有空，一定會來看你們的。」

「一定常來玩喲！」

「一定一定！」

「我們每一個人都歡迎妳！」

張阿姨看到我時，忽然想起什麼似的，從皮包裡拿出一塊巧克力，說：

「小佩，來，這個給妳。」

我想起以往侮辱她的事，臉一紅，羞愧的低下了頭。

「你們看，小佩大嫂，懂得不好意思啦！」盧阿姨說。

我難堪的跑進房裡，朝床上一坐，在跟自己生氣，真的，我從沒有恨別人像現在這樣的恨自己過。我以往為什麼要那樣的侮辱張阿姨呢？為什麼要那樣的藐視張阿姨呢？

原載民國六十年二月十六、十七日《中華日報》
六十年十二月《省政文藝叢書》轉載

孽緣

關於仁傑的婚姻，他跟女友的來往，我一向是「民主」的，而且不斷地鼓勵他「急起直追」。因為他已經二十四歲了，男婚女嫁，人之常情，也應該結婚了。我好幾次問他對方究竟是個怎樣的人，他總是說：「到時候我會給您介紹的，現在還不到時候。」我想：這孩子做什麼事都是穩紮穩打，連談戀愛也是一樣。

一天，仁傑將女友的相片靦腆的拿給我看，接著又說：「她的個性比她的人更好。」

我接過相片，忽然楞住了，我怎樣也想不到，這個女孩子竟是她！我看了又看，一點不錯，臉龐長長的，嘴角向上翹起。不過我還期望不會是她。我問：「她叫什麼名字？」

「張嘉宛。」

「嘉宛。」我心裡重複地唸著。天！她確確實實是嘉宛。

「爸！您看怎樣？」

「過些日再說吧。」

「您不是一再鼓勵過我，而且我已經大學畢業了。」

「我知道，我都知道！」我忽然變得暴躁起來。

仁傑傻望著我，終於莫名其妙的走開了。

我為了避免仁傑所給我的煩惱，每天我都很晚很晚才回家，天一亮我就到公司裡去。同時我一面託人替仁傑辦理出國手續，我希望他到美國去繼續升學，時間一久，能把嘉宛忘了。我無論如何是不能夠讓他和嘉宛結婚的，但是我卻無法啟齒說出這是「為什麼」？

一個禮拜後的一天下午，我提前回家了，正好仁傑沒有出去。我把他叫到我的房間裡，我說：

「坐下，我有話想跟你談談。」

「什麼事？」

「我問你一個問題，」我和靄地說：「你雖然已經大學畢業了，但是你認為自己所學的已經夠用了嗎？」

「我所知道的一點，不過像是滄海一粟，那裡談得上夠用呢？」他吶吶地說。

「那麼，你希不希望有機會再多學習一點？」

「當然。」

「好極了，」我一面打開皮包，拿出一疊文件，一面說：「這裡我已替你辦好了出國手續，你現在去收拾收拾，明天上午九時搭乘華航的班機去美國加利福尼亞（California），那裡我已準備好了銀行的存款，你可以自由的投考你喜歡的大學。」

「爸！我現在不想出國。」

「為什麼？」我並沒有驚異他的反對，因為這是我意料中的事。我說：「許多人找機會出國都找不到，我費了九牛二虎的力氣，一切都替你安排好了，你還不想去！」我兩眼直直地瞪著他，又補上一句：「為什麼？」

「我必須跟嘉宛的事辦好。」他跟我攤牌了。

「不行，不行！」我猛地站起，緊握著拳頭，像是準備跟誰決鬥似的：「我再跟你說一遍；不行！」

「理由呢？」他也不甘示弱。

「沒有理由！」我咆哮著：「你大學讀了四年學會跟我說理由了？」

「爸！我求求您……」

「不用多說了，我對所決定的事是從不更改。」

「我也是。」他不知哪來的勇氣，竟敢跟我頂撞起來：「除非是嘉宛與我兩人當中死去一個！」

「仁傑！我沒有想到，你會這樣叫我傷心。」我頹然坐下。

「請您原諒，不過我與嘉宛已經發過誓了，我不能不遵守諾言。再一點，我覺得我們沒有什麼錯。」

「你們沒有錯，你們是沒有錯。」我自言自語地重複著：「你現在不要同我講理由，退下去！」

仁傑沒有再申辯，頹喪地走開了，我點燃了一支菸，倒在沙發上，三十年前的往事，忽然像是老朋友似的出現在我的眼前。

我從武漢大學剛畢業不久，因為不願意接受家鄉那種「父母之命、媒妁之言」的婚姻制度，便一個人偷偷的跑到上海。到了上海之後，人地生疏，一點辦法也沒有，甚至連吃住也成了問題。但是我是個個性很強的人，既然出來了，就不願再回去。後來幸虧碰到一位同班同學，由他的介紹，便在一家公司裡當總務，一晃就是一年。那時我時常想：我必須幹出一番事業，儘管我有了許許多多的計畫與抱負，然而，沒有錢，我的抱負與計畫始終是空中樓閣。

一個人如果不能做他自己想做的事，那是最苦悶不過的了，我自然也不能例外。後來我逐漸地變得消沉下去，喝酒、賭博、玩女人……總之，凡是下流社會裡所能有的，我差不多都有了。

在酒色爭逐的生活裡，我認識了一個女人——蘇蘭蘭，她常常買些宵夜我們兩人同吃，有時還買些東西送我，我對於這些風塵中的女人，從來是不用什麼情感的，我一口咬定在她們這些人身上用情感是樁最傻不過的事，因此，不管她對我如何的好，我始終無動於衷。

一天傍晚，她做了幾樣菜，買了瓶酒，我們對飲著。酒過三巡，她兩頰微紅，彷彿是一朵春風裡的玫瑰。恍惚間，她突然的變了，變得那樣的美。

我貪婪地望著她，久久。

「你為什麼對我這樣好呢？」我仍然傻傻地望著她。

「這樣有什麼不對麼？」她無限溫情地反問我。

「不是。」我說：「你對任何人都如此嗎？」

「為什麼呢？」她抬起頭來望著我，說：「你以為我對任何人都應該如此？」

那天我們談了許多。我知道她十歲時父親就去世了。除了兩間茅屋與幾隻酒瓶之外，一點也沒留下什麼。母親跟病魔攀上了交情，一直在病中過日子，又沒有錢看醫生，因此，她母親一再告訴她錢的重要，至於其他一切，都是寒不能當衣，飢不能當食的騙人把戲。當她十八歲時，母親終於也仙逝了，在她嚥下最後一口氣時，還叮嚀女兒說：「要好好賺錢，這社會就是錢的社會，沒有它什麼都行不通，錢是一切！」

「我的成績是非常令人滿意的。」她說：「可是當我有了錢以後，我忽然發覺金錢並不是我生命的全部。」

我有點奇怪這樣女人的嘴裡也會說出這種話來。我說：

「那麼什麼是生命的全部呢？」

「女人的全部就是愛情。」她答得很快，說完又覺得有點不好意思起來。

「愛情？」我打趣地說：「你不是一天到晚跟人在談愛情麼？」

我怎樣也沒有想到我這句話竟擊中了她的要害。她忽然流下淚來，過了半天才說：

「所有的人都不拿我當作真正的『人』來看待，我還以為你是個例外，想不到你也是如此！」

「蘭蘭，全是我不對，我不該開玩笑叫你傷心。」我掏出手帕替她擦去臉上的淚水，淚水是冷的，但是誰知道這裡包含有多少熱情呢？

「你說的不是玩笑，是實在話，我不該有這種妄想的。」

「你不能這麼說，你知道人們欣賞蓮花時，並不會因為它出於淤泥而低估了它。」

她見我那種認真而又帶點近乎傻相，終於忍不住的笑了。兩頰上一邊一個酒窩，深深地，那裡面盛的不是酒，比酒還醉人。

她雖然是個妓女，但是她擁有一個難以企及的靈魂，我被她那出淤泥而不染的氣質炫惑了。

我們相處的時間久了，我在她的眉宇之間，發覺她的職業有多低賤，她的人格就有多高貴，這兩種截然不同的品質各自發展。在這種微妙奇特的情況中，她正在矛盾中掙扎、奮鬥，相信在不久的將來，她肯定會展露出一番新面目、新氣象。

我真的愛上她了。

以後我差不多每天都要到她那裡去一次。我們有時在田野間散步，有時在月光下閒聊，有時在小河邊默默地對坐著，一直坐到夕陽西下，再默默地從原路回家。

每次在我來看她的時候，她就泡好一杯茶，或者削好一個梨，剝好一個橘子，在門口守望我了。久而久之，這守望已成為一種默契，一種習慣了。

我們雖然是天天見面，但是在臨分別的時候，一種不捨的感覺總是無法避免的。

有一天，我吃了點酒，跟我的東家弄翻了，賭氣的離開那裡，人海茫茫，我往那裡去呢？於是我自自然然的就想到蘭蘭了，便揹著行李捲到了她家。她不但沒有責怪我，反而安慰我老半天，然後問我說：

「你作怎樣打算呢？」

「唉！」我嘆了口氣，說：「你母親說得對；『錢是一切』；我沒有錢，能作什麼打算？」

「假如有錢呢？」

「那就好弄了，」我說：「我學過機械，我可以辦工廠。」

她沒有作聲，忽然跑到櫥櫃前打開櫃門，拿出一隻小箱子，遞給我說：

「你看看這裡面夠麼？」

我好奇的打開箱子，裡面有手鐲、戒子、銀行存款簿等，我看了一眼，把箱子遞還給她，苦笑著說：

「謝謝你，我不想用你的錢來養自己。」

「你開工廠，這錢算是我的投資怎樣？」

由於她的誠意，我終於接受了。我把這些首飾兌成現款後，我又覺得以這個數字來創辦工廠不夠，後來我便找了家工廠合股。

那是一家鋼鐵工廠，總經理姓周，他另外還有兩處工廠，業務上忙不開，又聽說我曾學過機械，對我的合股極表歡迎。

我對於廠內的業務懂得一些，周總經理與我相處一段日子後，大概對於我很信任，便把廠內的一切業務完全託付給我了。

不久，周總經理要去美國考察，同時看看在芝加哥（Chicago）讀書的兒子，家裡沒人照顧，而他對我又一直很信任，因此就叫我搬到他家住。他家除周太太外就是他的女兒周莉雲，因為我時常出入他家，她們母女對我早就很熟悉了，我一搬來，就沒有拿我當外人看。莉雲那時剛剛高中畢業，在家沒事。她很愛動，不是要我陪她去游泳就是划船，我因為她父親對我有「知遇之恩」，同時又是受人之託，縱然有時我很累，我也從來沒有拒絕她過。

我們雖然時常出遊，在我，總覺得那是一種責任與義務，從來沒有其他什麼雜念，也不應當有其他什麼雜念。

周總經理返國後，我彷彿放下一個包袱似的，覺得輕鬆多了，但也多了一種悵然若失的情緒。

周總經理回來的第二天，恰巧是我的生日，周太太做了很多菜，一方面為丈夫洗塵，另一方面也為我祝賀一番。飯後莉雲要我陪她去看場電影，我當然樂意奉陪了。出了電影院她又提議到哈同公園坐坐，於是我就把車子開到公園前停下。她買了一包糖炒栗子，我們坐在一棵大榕樹下的草地上吃著。月光從枝葉的隙縫中漏下，像是無數顆鑽石。唧唧蟲鳴，跟吹奏橫笛一樣美妙。六月的微風吹在臉上，令人有一種說不出的適意與舒暢。

「坐在這裡，真叫人滿足得什麼都不想了。」她說。

「嗯。」我漫不經心地「嗯」了一聲，一面剝了個栗子遞給她。

「錦程！」她第一次直呼我的名字。停了一下，她又說：「你怎麼老是拿我當孩子看待？」

「想做大人了？」我說：「等到人人都當你是大人的時候，你又要懷念做孩子的時光了。」

「不！我已經十九歲了！」她用一雙火樣的眼睛望著我，一直到現在我還想不出用什麼字眼可以形容出她那種眼神。總之跟誰要是多望一眼，準會活活地把他燒死。那裡面包含著青春的火焰、幸福的光耀，以及某種慾望的渴求……一瞬間，我覺得她不再是個孩子，她的確是已經長大了！

我看不見自己臉上是什麼樣的表情，我感到臉上發燒，心也跳得厲害。

當我們四隻眼睛相對的剎那，我覺得那簡直是生命的永恆。不知這是一種什麼力量，使我低下頭，兩片灼熱的嘴唇終於貼在一起，緊緊地、緊緊地……

吃過早餐，我忽然想去看看蘭蘭，近來因為業務上的關係，我很久都沒有去看她了。

以前凡是我生日這天，她總是做幾樣菜買個蛋糕跟我共度一天的，昨天她一定在等我了吧？我想。

我到達她家時她剛起床，眼圈紅紅的，像是哭泣過似的。

「你早！」我說。

「鬼，鬼，鬼！」她一見到我就說：「我不要看到你，我不要看到你！」

她這種突如其來的舉動使我吃了一驚，我想我與莉雲的事她可能是知道了。但是仍然鎮靜的說：

「蘭蘭！我……」

「我不聽，我不要聽！」我還沒有說出我想要說的話，她就接了過去：「你去陪你總經理的小姐，你不要理我。」

「蘭蘭！我很對不起你，我欠你的太多了。」

「我不喜歡別人把我當債權人看待，你所欠我的早就還給我了，你沒有什麼欠我的。」她哭了，哭得很傷心：「你不必理我，我是個人盡可夫的女人……你出去，你給我出去！」她一面推我一面大喊大嚷著。

我不得不離開那裡。她不讓我解釋，其實她就是要我解釋，我又能解釋出什麼所以然來呢？

早晨的涼風吹在我的臉上，我的心情跟涼風一樣的寥落與無依。

以後我跟蘭蘭就失去了交往，這主要原因，可能還是由於一種微妙的因素——我的潛意識裡的虛榮心在作祟；我已是個有社會地位的人了，再跟這樣「不三不四」的女人「鬼混」，總覺得有點「有礙觀瞻」。

兩年後，我就和莉雲結婚了。我，一個二十幾歲的青年，立刻投入了輝煌的事業洪流，金錢像噴泉似的瀰漫在我的周圍，幸福一步也不離開我。總之，凡是青年人所願有的，所想有的，我都有了。

一個人生中，有許多事的發生、發展都是無法想像與不可思議的！對於我來說，更是如此。

一天下午，我回到家裡，覺得很疲憊，剛想睡一會兒，莉雲忽然氣沖沖地遞一封信給我，冷冷地：「你看過再跟我解釋吧！」

我接過打開，上面寫著：

錦程：

我現在發生了重大事件，只有你可以幫忙我，希速來！祝好

蘇蘭蘭×月×日

莉雲當時好像還質問些什麼，但我一點也沒聽清楚。我的腦子裡只想到一件事；我必須去看看蘭蘭，在這世界上曾經真正關心過我的人不多，在我最困難時，伸出援手，她是「唯

」，更何況她現在發生了「重大」事件呢？

我匆匆地趕到蘭蘭家裡，一進門張小玲——蘭蘭的表妹就一臉憂戚地跟我說：

「那封信是我寫的，我知道你會幫她忙的。」

「蘭蘭怎樣了？」

「當你結婚不久，她就跟王大龍同居了，這個月初她生了個女孩。」她停了一下，繼續說：「他（她）們同居才半年，那孩子當然不是王大龍生的，就因為這個，他們天天打架。前天又打了，她把房門扣上，兩天沒出門了，茶飯一口也沒吃，你去看看吧，她一定會聽你話的。」

「孩子呢？」

「孩子在外邊，我剛才餵她喝過牛奶。」她一面領我到孩子面前，說：「你看看，她睡得多乖！」

我看到孩子，有一種說不出的歉疚與不安。我心裡有數，孩子是我生的。

我走到蘭蘭的門前，一面敲門，一面說：

「蘭蘭，開開門。」

一點反應也沒有。

「蘭蘭！我是錦程，我有話跟你說。」

「我頭痛，我想休息一會，有事改天再說吧。」

「蘭蘭！」我說：「發生了什麼事？我可以幫忙麼？」

「沒有什麼，只是吵吵嘴，事情已經過去了。」

她說話的聲音很平靜，但是不知怎的，我卻預感到要發生了什麼不幸事件。我拚命的敲門，她怎樣也不開，最後我用肩膀用力一撞，門給撞開了。

她像是一尊塑像似的站在衣櫃旁，面向著牆壁。

當我把她扳轉過來時，我險些失聲叫了起來，天！她哪裡是蘭蘭？哪裡是人？簡直比魔鬼還要可怕，她的眉毛沒有了，眼睛、鼻子、嘴巴，沒有一處沒走了形，傷痕累累，血肉模糊。眼前這種可怕的情景是真實？還是幻夢？我簡直不敢相信我的眼睛，我呆望著她良久，我突然像隻受了傷的獅子奪門而出。

我逕自奔向××路××酒店，我知道那是王大龍常去的地方。我一進門，果然就看到他。他見我進來，堆著一臉的邪笑，跟我打了個招呼。我沒有作聲，一步步走近他，他大概心知不妙，突然一個轉身，離開我有幾步遠，同時擺出一個決鬥的姿態，冷笑著說：

「閣下有何貴幹？」

「嗯！」我向前兩步說：「蘭蘭臉上是誰潑的硝鏹水？你說，你說！」

「關你屁事！」

我一個箭步衝了上去，跟著就是一拳；我們扭在一起，滾來滾去，我們雖然是赤手空拳，十分鐘後彼此都面目皆非——鼻青臉腫了。看熱鬧的人越來越多，我們也越打越熱。後來他一拳擊中我的鼻樑。我直覺得眼前火花直冒，倒在地上。說時遲那時快，他跟著舉起一隻板凳，直往我的腦門劈下。這時我已躲避不及了，就在這一剎間，「砰」的一聲巨響，這下我想我的腦袋非分裂不可了。我下意識的摸了摸，它竟出奇的完整如昔。再看看對方，王大龍卻腦漿噴出，血流滿面的躺在那裡了。我不知道這是怎麼回事，我的腦子昏昏糊糊的，像是在作夢一樣。這時看熱鬧的人亂喊亂嚷著，跟夏天糞坑裡的蒼蠅似的。不久，來了一輛警車，把我帶進警局，一直到開庭審判時，我才知道王大龍是蘭蘭用手槍擊斃的。

我被判罰款五萬元，然而，蘭蘭卻被判無期徒刑。當時新聞界對我這個人極表不滿，嚴加抨擊，這些我一點也不關心，我心裡唯一懷念的就是蘭蘭，我想：我太對不起她了，我必須設法把她保釋出來。她雖然是殺了人，但是她是沒有罪的。

我立即委託律師提出上訴、再上訴，可是當法院判她無罪時，已經遲了一步，她已於前一天自殺了。

她死後只留下一封短簡的遺書給我，那上面說：

錦程：

我實在沒有勇氣再活下去了，才出此下策。至於你的一番努力與誠意都白費了，我為此感到很遺憾。

我來自大自然，現在又回歸大自然裡去，我覺得很坦然，唯一不安心的就是孩子

（我替她取名嘉宛），她是我的，也是你的，希望你看在我們以前的一點情份上，好好照顧她，我在地下也會感激你的。

蘭蘭×月×日

我楞住了，我只記得當時我除了流淚外，什麼話也說不出。

我不想叫這孩子長大知道自己的身世，而產生一種自卑感，便將她託付給蘭蘭的表妹張小玲撫養，並且一次給她足夠一生應用的巨款。我又一再叮嚀張小玲，好好照顧孩子長大上學，如果經濟上有困難，隨時來告訴我。

以後我也時常去看她們。我眼看她一天一天的長大，心裡也感到安慰不少。

大陸撤退時我剛好在日本，因此跟她們失去了聯絡。我到了台灣後，曾到處打聽，一點消息也沒有。我想她們一定留在大陸。

僥倖的是，周總經理全家以及工廠已經大部分遷來台灣了，我也有了著落。至於以往一切，早已事過境遷，莉雲對我也海涵從寬，既往不咎。我的心裡是既安樂又沮喪，五味雜陳。

天下的事真是變幻莫測，但是怎會竟有這種巧合。她——嘉宛現在卻碰到了仁傑，而且在戀愛了！而且熱烈得如火如荼！

我，該向孩子說些什麼呢？

不要小看了自己

現實的「阻力」，也是「助力」，就如同跑步時腿上綁一個沙袋，不這樣怎能練出腿勁。

——聖嚴法師語

俗語說：「行行出狀元」，以下是一個行行出狀元的真實故事：

「這是你自己親手做的嗎？」

「喲，這條項鍊好漂亮呀！」

畢業典禮後，大夥兒在展覽會中圍攏著黃熾卿，你一言我一語的喧嚷著。

黃熾卿聽到同學們這樣的言語，以及師長們的激賞，高興得真要「心花怒放」了。原因是這條項鍊是她利用別人丟棄的果核，經自己精心設計而做成的。她覺得眼前一亮，對自己的構想充滿了信心，對自己的審美觀念也很自豪。

黃熾卿的父親因為經商失敗，而使全家的生活陷於困境。一夕之間，她們家彷彿從天堂一下子跌落到地獄，黃熾卿在三餐不繼的情況下，到一家工廠做工，一年後湊足了學費，為了滿足自己在工藝方面的興趣，她考進了工藝專科。

艱苦的環境，往往使一個人的意志更堅強，黃熾卿埋頭苦研，同時藉著課餘之暇，研究市場，希望畢業後，能創造一番事業，重振家聲。

這一種創業的意念，使黃熾卿的思想更趨慎重，她以為要想在眾多的企業中脫穎而出，只有求新求變，也就是說，要運用思想去發明具有「創意」的新產品。

然而，事實上連學費和生活費都成了問題，如何去開發新產品呢？

黃熾卿忽然有個發現，就是那些女同學們大都喜愛燦爛光耀的飾物，以及喜歡吃桃、李、杏、棗等水果。從她們嘴裡吐出一顆顆圓的、橢圓的、大大小小的果核，這使黃熾卿的腦子裡形成了一種奇妙的聯想：如果能利用那些沒有用的果核，琢磨成一串串飾物，不但價格低廉，而且具有鄉土性的原始風味，一定會受到廣大女性的歡迎。

「對，廢物利用！」她自言自語的說：「我要利用這些廢物來開創我的事業。」

從此，她開始著手研究，並且經常徘徊在校園的角落，收集一顆顆從人們嘴中吐出來的果核，加以洗刷後，藏放在抽屜裡。收集多了，選出一些果核，加以琢磨和塗飾後，做成一條非常別緻的項鍊，陳列在畢業展覽會中。她不知道這條小小的項鍊能否引起人的注意，更擔心別人對它不屑一顧。因為那樣一來，就證明她幾年來的心血完全白費了。出人意料的，竟得到師長和同學們一致的激賞，她怎能不高興得心花怒放？

走出校門，黃熾卿便開始踏上創業之路。因為這是果核製造的飾物，屬於手工藝類，創業的第一步就與苦難接軌。從開始設計，一直到產品推出市場，其中所遭遇到的困難，很難描述。為了在果核上鑽洞，她必須走好遠的路，借用人家的鑽洞機，有時一天數次，腳掌都磨出水泡了。

「如果是偶爾『方便』幾次，當然可以，如果當作經常作業，那就得自己想法子買一部鑽洞機呀。」那位技工話說的不輕不重，黃孅卿的自尊受到嚴重的打擊。

那天黃孅卿回到家中，連晚飯也沒有吃，光想找個地方痛痛快快的大哭一場，可是連這個地方也沒有。

「怎麼啦？」父親問她說：「不舒服嗎？」

「唉！」她深深的嘆了口氣。「真沒有想到，借人家的鑽洞機打個洞也這樣難！」

「就是說嘍，這是剛起步，以後困難會接踵而來，而且一關比一關難過。如果創業真的像你所想像的那麼容易，不是人人都成了大老闆、大經理了嗎？」

黃孅卿的個性很倔強，雖然如此，她還是不甘就此罷休。後來他想到一位同學家開個小型加工廠，也有部鑽洞機，路程雖然更遠一些，那是不關緊要的，主要的是不知道是否會遭到白眼，但她還是抱著碰碰運氣的心理去了。

總算還好，那位同學立刻就滿口答應了。

鑽洞的問題雖然解決了，但是果核的種類很多，硬度不同，所含的成分各異，有的果核是酸性，有的果核是鹼性，因此製造出來的果核，有的不但會「出汗」，而且容易傷及皮膚。這些技術上的問題一直困擾著她。

請益乏人，黃孅卿常去圖書館找資料，一次又一次的實驗，換來一次又一次的失敗。她像個貪杯的酒徒，成天與失敗結伴為夥，日子久了，雜音四起，有人嘲笑她：「盲人騎瞎馬——不知死活。」也有人諷刺她：「癩蛤蟆墊桌腿——死撐活挨。」她都答以「童言無忌」，一笑置之。

後來她試著在顏料中加上一些釉，再用低溫烘烤一晝夜，不但有了光彩，而且收到了「永不褪色」的效果。真的是「踏破鐵鞋無覓處，得來全不費工夫。」亦如作家們「偶得佳句」，樂不可支。

黃娥卿的用心與專注到了什麼程度？有事為證：有一天是五月初五，是端午節，也是她的生日，她的乳名叫「重五」，就是這麼來的。那天吃過早餐，她母親去市場買菜，她把自己鎖在房間裡，埋頭研究各種造型不同的組合。她母親回來敲門，她已進入一種「聽而不聞」的境界。母親以為她外出未歸。中午有幾位她的同學聯袂而來，還帶來蛋糕，給她祝壽，壽星卻不見了。十二點半，大夥兒同意行禮如儀，在蛋糕上點蠟燭，齊唱「祝你生日快樂」！吃了蛋糕（給壽星留下一份），吃了壽麵，喧嘩笑鬧，又嘰嘰喳喳的「瘋」了一陣子，才盡興而歸。後來娥卿開門出來時，竟然把她的母親嚇了一跳。

要想成品在國際市場上打開銷路，必須把成品送到國貨館展覽，由於那兒是產品的競爭場所，所以每家廠商都想盡辦法，把招牌及會場布置得很漂亮、很搶眼。黃娥卿決定參加展出，但是問題來了，她沒有錢，無法投資於會場的佈置，不佈置就吸引不了觀眾，產品再好也沒有用。

「這真叫烏龜過門檻——就看這一翻啦！」三弟帶著嘲弄的說：「人家會場上都鋪了高貴的地毯，你怎辦？吙，我們家裡還有幾條破麻袋，能派上用場嗎？」

對，我怎麼沒想到？這種具有原始風味的手工藝產品，用麻袋作為壁毯，把產品就掛在「壁毯」上，琳琅滿目，讓人「睛」奇。正可以增加其「特性」呢！想不到三弟這一句嘲弄人的話卻給她提供了寶貴意見。於是她立刻又去買了幾根竹子，削成不規則竹骨，另外編了幾個竹盤，塗上顏色與文字後，架在會場上，作為招牌。

以往她也曾參觀過國貨館，她發現許多廠商，在宣傳單上印了密密麻麻的文字，一發到觀眾的手中馬上揉成一團廢紙。針對這個現象，她設計了在一張名片大小的卡片上，用絲絨綁著一個果核，旁邊印著「本處出產各種手工藝品，歡迎您來看看。」

這次沒有花多少錢的展出，卻「出奇制勝」，立刻引起外銷廠商的注意，有了訂單，但那也只是一點點的象徵性罷了。

在那樣荊棘叢生的途程中，她也曾悔心過，而且不止一次，尤其是「那些小鼻子小眼睛的『雕蟲小技』，根本就成不了大器」的流言，常常傷了她的自尊。她天天活在掙扎中，今天的開始，就是繼續昨天苦難的翻版。這時她就會想起母親的話：法國有位老師最常訓誡學生的話就是：「你們再不聽話，將來就會跟尼文一樣！」尼文幼年是個又笨、又聾、又不用功的弱勢樣板，成為老師告誡學生負面的「典範」。後來，誰都想不到，他竟然成為世界級微雕藝界的巨人！作品愈小愈偉大的創始者。

母親的話給黃嫰卿帶來極大的鼓勵，在無數次跌倒爬起之後，她決心把自己的創意與母親說的微雕連成一線，結為一體。比如她那條有著濃厚東方特色的生肖項鍊，根據果核的大小、形狀，雕出十二生肖的肖像。她在苦練這項微雕，不知失敗了多少次，還是不肯罷休。非但絲毫沒有懷憂喪志，而且常跟自己說：「最笨的尼文可以，我為什麼不可以？」於是，勇氣又有了。她有著先天的智慧與才華，後天的興趣與毅力。她知道自己的天賦，她必須活出不辜負老天賦予她的恩德。她肯定就能擺弄出一些讓人大吃一驚的「把戲」。直到一位微雕大師觀後大加讚賞，她對自己終於有了信心。

開始搜尋「微雕」的專業知識，哪怕是一知半解也好，尋尋覓覓，只是聊勝於無的一星星。

黃嫰卿還有一層令人刮目的想法：中華民族原本就是文化大國，詩詞書畫，獨領「風騷」。自一七三七年滿清乾隆（高宗）在位時期，鼻烟壺內的「反雕」，已盛極一時，如周彤的「貴妃醉酒」、李其白的「松鶴延年」、以及王樹仁的「八駿圖」，號稱「微雕三傑」，聲名洋溢，帶動了一時風尚，均非等閒之作。偉哉中華，大哉中華！這種獨立門戶的文化中的文化——「微雕」，豈可殿後耶？此時此刻，我們更應有「數風流人物，還看今朝」的豪氣，這也是泱泱大國該有的霸氣！只要我們有心、用心，就會有「霞光萬道」的再現！因此自己不要小看了自己。

她的佳作很多，各有特色，無不令人嘖嘖稱奇。可是她並不滿意。她像初春的小草，無視於日曬、雨淋、踐踏……它仍然不斷的努力向上、向上、向上！她要每一件作品無不「精、微」到讓人嘆為觀止！她的豪語是，不到「聲振寰宇」，絕不中止。

她的代表作是一件玉佩，寬九．五公分，高六．八公分，在正反兩面雕出王羲之的〈蘭亭集序〉（共三二四字，無標點符號）。為此，她吃飯、睡覺、做夢，都在臨帖王羲之的行書，摹其形，模其神，捉其髓。她不只是「全力以赴」，而是「全命以赴」。幾至「池水為墨」（註一）。又用石材仿雕百次以上，在細若髮絲的筆畫中，顯示出一個人的才華、精力、智慧，業已用罄，再也難以為繼了。

起初，她用大理石做成與玉佩大小的形狀，再用木頭做個模子，把大理石放在模子裡。在雕刻時，一切都如同正式「微雕」同樣的慎重。因為房屋小，又無隔音設備，她怕受到干擾，預先還在客廳裡貼上「肅靜」二字，她的父母愛女心切，有話要說，都猶如枕邊細語，或者眉目傳情。她的房間更是房門緊閉，靜若「銜枚」。她在工作進行時，如同醫生替病人腦部開刀，只要一點點極細微的疏忽，就能喪失一條性命似的。後來感到太靜，反而讓人緊張，於是改用播放行雲流水般輕音樂，她的手腕不再緊張而收放自如了。

黃嬿卿從突破到突破的極限，不只是觀念，而是行動。她似患有不斷創新的飢渴感。

真正用玉佩「微雕」時，她戴著二十倍的放大顯微鏡，細心雕刻，如蘭亭的「蘭」字，視聽的「聽」字，攬昔的「攬」字，都是筆劃較多的字，都要一筆不苟的雕出。每個字都要花上一兩個小時。如臨深淵，如履薄冰，戰戰兢兢，吃飯時手指僵硬得難以握箸。儘管如此，待兩面全部雕滿，只是全文的三分之二。嗚呼哀哉！於是二話沒說，磨光再雕，如此周而復始，經過十多次失敗，彷彿有一種聲音在她的耳畔不停的響起：「你一定可以做到！」挫折似乎成為她重要的養分。

玉有軟、硬之分，這塊玉佩是硬玉，結晶緻密。分淺綠、深綠及白色，又名翡翠，硬度莫氏六．五至七，供製飾品及雕刻之用，我國產地以雲南保山及騰衝為最。這塊玉佩為淺綠色，用吹管燒之，較軟玉難熔解，其特性又硬又滑，因此，這個「體小而微」的「大作品」，很難駕馭，力道稍小，它固若金湯，置之不理；力道大點，一滑，就會造成「流血之災」。黃嬍卿的手指被割傷六次。以往雖然多災多難，但還沒有刀光血影，如今真是令人不寒而慄了！

老父視之不忍，心疼不已。他在心裡七上八下的掂量著，的確使他憂心如焚，想了又想，想要幫助她除掉心靈上的枷鎖。他終於像母雞翼護雛兒似的擁著嬍卿，老淚縱橫的說：「條條大路通羅馬，何必執著於一件力不從心的事呢？你看你，累成這般，傷成這樣，以後也許會產生更困難更辣手的事，所以，所以，所以——」

「沒有所以。人生苦短，瞬眼即逝，怎能三心二意的蹉跎？」黃嬍卿安慰老爸說：「真正能夠從事自己心焉嚮往的事不多，受點皮肉之傷，怎能輕易投降？」

老爸聽其言、觀其行，他頻頻頷首，頻頻擦淚，口將言而囁嚅，一臉都是掩飾不住的羞愧與無奈。

「是爸對不起妳，拖累妳了。」他對自己經商失敗拖累了孅卿無限自責。

「爸，您沒有拖累我，是您的多難把我人生的品質提昇了，至少要比原來的我自己要高出很多很多！」

「孅卿的確長大了，知道了寬恕，知道了包容。」老爸說：「真的，妳真的能夠達到所預期的目標嗎？」

「會的，肯定會的！凡事只有努力，沒有極限——胡說（註二）。」孅卿斬釘截鐵的說：「再說有上帝賜給我的智慧，有您傳給我堅苦卓絕的基因，還有我媽是我的加油站，不斷的給我加油、加油、加油！我太幸運了，我重新設定我的心靈電腦。我有了這些已經勝劵在握的能量，您就拭目以待吧！」

人生苦短，黃孅卿最欣賞的，就是陶淵明一首小詩：

盛年不重來
一日難再晨
及時當自勉
歲月不待人

黃孅卿已成了一般人潛在鼓勵自己的偶像，不是她那個人，而是她那勇往直前的精神。

「好，我們蓋印！」他（她）們像孩子似的同時伸出小指勾住，用大拇指碰了碰。他（她）們同時哈哈大笑起來。

一個故事，一個人生。就是這麼艱難，就是這麼有趣！

最後，黃孅卿用玉佩（繫於衣帶上的玉器，當飾物用）微雕了十多次，都不滿意。她對自己錙銖必較。原先那塊玉佩厚三・八公分，經過不斷磨損，作品終於誕生了，厚度只有二・一公分，於此可見她的毅力。

值得「昭告天下」的一件大事，曾用放大五百倍在銀幕上放映，臨場者皆大儒及藝術家，仔細觀察，一撇一勒一勾，筆風墨趣，無不酷似右軍的行書（介於正、草之間），無不令人驚嘆莫名。她創造出所有難度與美的巔峰！這項空前絕後的創舉，無疑打破了世界紀錄，名垂天下。若非神功，曷克臻此耶！

北京博物館館長趙其昌對這件「微小」的「大作品」評語是：「她的『微小』與長城的『博大』；一個是古代歷史的壯麗，一個是現代藝術的大美！同為中華文化增輝！」

人們對黃孅卿的藝術欣賞並不是停留在情感層面，而是肯定她作為中華民族不可多得的藝術美感，以及哲學領域，成就了不可替代性的開創，構築起「獨家」的權威與藝術思想體系。她有「現代」的指標，散發出「永恆」的光環。把這種「人文技藝」，升格到「神的造化」境界，集人神之大成。

黃孅卿創造了全人類為之震驚的「微雕」系列成品，終於成就她這般精采的事實，完全得之於她那永不妥協的信心。她的作品中，蘊含著東方民族文化的色彩，那麼簡樸、那麼鄉土。英國大不列顛博物館就有珍藏。除此之外，其他收藏者不乏知名之士，如國畫大師張大千，他說：「我與筆墨結緣一輩子，我再努力也難與她媲美。」這裡不僅看出大千先生對黃嫰卿的看重，也顯示出他是位謙謙君子。再如物理學家沈君山，他說：「凡事都有『物理性』的存在，這塊玉佩的微雕打破了所有物理學家的學說。」……我也不落人後的收藏她一句名言：「自己不要小看了自己。」

相信自己，相信天無絕人之路，就像當初黃嫰卿相信最笨最笨的尼文一樣。

註一：晉王羲之常臨池學書，池水為黑。宋米芾為書「墨池」二大字。

註二：胡適說。

沒有開始的結束

沒有人懂得愛情的真諦，但也沒有人不懂得戀愛。

——柏羅克

一

這算是我的戀愛麼？

這不算是我的戀愛麼？

我不懂。

二

「報告督察長，今天上午抓著了一個艷賊。」

我一上班，巡佐劉達偉就向我說。

「嗯。」

我漫不經心的應了一聲，因為這類案子在警局來說，像是小倆口兒磨牙——常事，沒有什麼值得大驚小怪的了。我也知道劉達偉的個性，說話喜歡誇張，大概是想特別引起別人的注意，他口中的所謂「艷」賊，只不過是個女人而已。

「真是所謂『樑上佳人』啦。」他遞了份口供紀錄給我，接著說：「吶，你看看。」

我坐定後接過一看，頓時就像吃了顆定時炸彈在體內爆炸了一樣，一直過了好久，我才從一陣暈眩中甦醒過來。我的眼光怔怔地落在那份口供紀錄上。不錯，是她——蘇玲琇，廣東梅縣人……

「督察長，你認識她？」

劉達偉是個精明幹練的人，對於我這樣的「突變」自然是不難看出的。

我默然的點點頭，我的眼光仍然落在那份口供紀錄上，一瞬間，那些字突然旋轉起來；旋成了一雙眼睛，一隻鼻子，一張嘴巴……聚攏了，聚攏了；那是一張人臉，一張陌生而又熟稔的人臉。

三

二十年前，我在××機構當一名公務員。這個機構中有太太，也有小姐，因此，戀愛的故事自自然然的就產生了不少。其中有成功的歡笑，也有失敗的哀嘆。我呢，雖然也在拚命的往這個小圈子裡鑽，竟然鑽出個不是笑話的笑話！

在端午節的前兩天，坐在我對面的陸太太跟我說：

「黃先生，端午節請到我家過節好嗎？」

陸太太不但是個標準的賢妻良母，而且是個奉公守法的公務員。也許是因為業務和個性的關係，平日我和她交談的比較多些。她這樣誠懇的邀請，在一個無家可歸的遊子來說，是特別值得珍貴的。然而，我有個天生怕作客的毛病，而且又不善詞令，因此，我猶豫起來。

她又說了：

「去玩玩嘛，我先生也是江蘇徐州人——跟你是小同鄉咧！」

就這樣，端午節那天我成了陸太太家的來賓。陸太太娘家姓蘇，名字蘇玲珍，父母雙全，一弟一妹。陸先生只是大麥去了皮——寡人（仁）一個，為了互相有個照顧，婚後便住在一起了。大門上雖然釘有「陸宅」的門牌，實際上仍然是蘇家的全班人馬，除了多個陸先生之外。

陸先生瘦瘦高高的，是個細高條兒。態度溫文爾雅，有一種學者和藝術家所揉合的風貌，使人一看就會想到銀幕上的葛雷哥萊畢克。起初，我們從家鄉的風土人情談起，接著便是怎樣的逃難和如何的來到台灣的種種種種。後來不知怎樣的，忽然扯到圍棋和橋牌上面來了。他說他的唯一嗜好就是這兩樣，而偏偏這兩樣一東一西的玩藝兒會的人不多，言下大有英雄無用武之地。我說我也很喜歡這兩樣，只是技術並不高明。其實這是我的自謙；橋牌我是在十六歲就會了，而且技術頗佳；圍棋我曾數度參加正式棋賽，是個貨真價實的三段棋士。這兩樣在任何場合，如果不是碰上專家國手之流，都是可以端得出去的。他聽我說既會橋牌又會圍棋，真是知音難得，格楞一下從椅子上蹦了起來，連忙去臥室拿出一副圍棋。

他興高采烈的跟我說：

「來，來，來，擺兩盤！」

他是那樣的熱衷，我也就不再跟他多作謙虛，於是便開始對弈起來了。

陸先生的棋術的確不凡，不僅攻勢凌厲，運籌帷幄，善於中間突破，而且時常於危難中脫穎而出。但缺點在於穩不住邊角，這在圍棋上說，是最難控制全局的一大障礙。吳清源曾對林海峰說過「追二兔不得一兔」。我得益多多。

我們在下棋時，陸太太一直在旁拿菸侍茶，看樣子，他們的感情真是如魚得水。

當我們兩局結束時，那邊的桌上已經擺得滿滿的一桌豐盛的菜餚了。我向陸太太頗感詫異的問：

「咦！怎麼沒見著你下廚房，菜就上了桌啦？」

「奇怪是吧？」陸太太嫣然一笑，幽默的說：「我妹妹的最大愛好是烹飪，我所以不加入動手的原因，是所謂『君子不奪人所好』呀！」

此刻，我才知道她有個妹妹，而且能夠做出一手好菜。

在餐桌上，陸太太才給我與她的家人逐一介紹——包括她的父母和一弟一妹，於是我又知道了她的妹妹名叫蘇玲琇。

蘇玲琇不能算是個怎樣太美的少女，比方說吧，她的額角稍稍大了些，眉毛稍稍濃了些，嘴唇稍稍厚了些，但也奇怪，將這些「零件」組合在一起，就成了一個「美」字。叫人瞧著有一種說不出的好感。她很像李璇，笑起來很迷人。那天她的座位與我正好是正對面，這樣，我就可以大大方方的，「目不斜視」的來欣賞這個「美」字了，而且不露一點痕跡。

這是我從沒有經歷過的，也是很難很難解釋的，我似乎從第一眼就愛上她了。但我得說明一下，我不是一個唯美主義者，我對她所以傾倒的原因，是她有著比她姐姐更含蓄的談吐，更嫻靜的氣質，更適度的風采……總之，她是我心裡一直在暗自塑造的理想對象的閃現。當然，無可否認的，美也是其中的因素之一，否則，一切就可能變質了。

那天晚上我躺在床上，腦子便忙著開始「加班」了：陸太太為什麼單單邀我去過節呢？為什麼要叫她妹妹親自執炊呢？是她有意安排的麼？不是的麼？蘇玲琇本人對我的印象如何？或者根本就沒有印象？……

我也跟一般喜歡自作多情的青年人一樣，遇著了這層事，就一個勁兒儘往好的方面去想：陸太太的邀請我是有意的，她的妹妹親自執炊是有意的，吃飯時坐在我的正對面是有意的，陸先生陪我下棋也是有意的。……我要是有了像蘇玲琇這樣的一位太太，我一定會全心全意的來愛她；我們的生活，我們的情調，一定也會跟啞巴「談情說愛」一樣——好得沒話說了。那該有多美滿，有多幸福！……我的嘴角不自覺的咧了咧，好像我已置身於美滿的幸福之中了。

我把蘇玲琇看得十分聖潔，深藏在心的深處。只有我知道，天知道。

一天我們在馬路上偶然單獨碰面，這是天賜良緣。

「你好。」她點頭微笑。

「妳好。」我機械式的回覆，蠢得有夠離譜。

我們真的單獨見面了，假如我跟她熱情的握握手，侃侃而談，以後會是怎樣的發展？我這樣瞎想下去，很像是一齣連續劇。

後來，後來就沒有下文了。大好機會就這樣被我浪費了，我一直懊惱好多天。下回再有機會，我一定要把握住。然而，一直就沒有下回了。

我檢討自己，只有一個字——笨！

我又安慰自己，不要急。豫則立，欲速不達。這不是開玩笑，這是我的人生。

以後我就藉著下棋名目，經常到陸家走動了。自然，每次去的時候，我都刻意的修飾一番，並且帶點小禮物。為了提高陸先生的興致，我都有意而不著痕跡的「放水」，因此，他贏的機會總是多些。他每次贏棋，都喜上眉梢，春風滿面。

圍棋的樂趣，貴在黑白分明。只憑本事，沒有僥倖。圍碁最有意思的，就是在對奕時，若有七、八個人在觀戰，每一手碁，就會有七、八種不同的看法，而且每個人都能言之有理。

有人落子後，又立即收回，名曰「拔大蔥」，這是沒有棋品。有人故意放水，討好對方，這是沒有棋德。以往，與皇上對弈，若刻意放水，被皇上看出破綻，輕則呵斥，重則要你「求仁得仁」，咎由自取。而今我則另有圖謀，更是罪加一等。不過我也有自圓其說：博君一笑，此乃「日行一善」。

他很愛搶先手棋，但如需要打劫時，就要吃大虧，因為劫材都被他用完了，一片大好河山，只好拱手讓人。悔之晚矣！正如唐杜荀鶴詩集觀碁：「得勢侵吞遠，乘危打劫贏」。死而復活，我勝了。

有時我們對弈很晚很晚，我獨自回府，夜深沉，月朦朧，夜空如洗，沿路寂靜無聲，頗有大道之行，唯朕獨尊也。

跟往常一樣，陸先生和我下棋，談談這，談談那。陸太太對我很客氣的招待；拿菸、敬茶。蘇玲琇做著自己喜歡做的事情；她是家政學校的高材生。我覺得自己的希望一天一天的在增長，但我並不急於表現，我總以為真正的情感應該是在自然中產生的。我自覺我就是這個時代的品牌。時間對我來說，是有利的，在這段時間內，我的舉止，我的言行，一定要有分有寸，做得比原來的自己要好一點；其實這已是一種表現了。這是我一生中第一次戀愛，像武陵人進入桃花源，我的面前出現一片新天地。

這是一齣愛情戲碼的開始？一有空我就思前想後，在是與否之間搖擺不定。可是像這樣一直過了很久很久的一段時間後，我才漸漸的清醒過來，原來我那些頗為自信的「大膽的假設」全屬子虛，全是自己一廂情願的幻想。其實蘇玲琇並不愛我，她們一家人也都沒有那個意思。我感到悲哀起來。

不久以後，當我發覺有一個名叫周大坤的華僑青年時常來她家走動時，我的悲哀就越發加深了。周大坤年輕瀟灑，氣宇非凡，且又富有，假如我是個女孩子，一定也會愛上他的了。他彷彿是一面鏡子，朝他面前一站，他是個健壯魁梧的有為青年，還有給人驚艷的六塊肌，對比之下，我就格外顯得矮小寒酸了。我才恍然發覺到自己的駝背、瘦小、而又一貧如洗！

我成天活在一廂情願的幻想中，如今幻想成為憂鬱，席捲我的人生，我對自己全盤否定。那些時，這些事，我一直深藏心底，如今事過境遷，恍如「黃粱一夢」。

本來我就沒有把對蘇玲琇的愛意寫在臉上，或者表現在行動上，現在，再加上由於這面「鏡子」使我所產生的自卑感，我便不得不將那剛剛萌芽但卻十二萬分熾烈的情愫往心的深處壓縮了。

如果在我瞭解這種情勢之後，能夠懸崖勒馬，知難而退也就好了，但是我卻沒有。我仍然抱著一種幻想，一種希望。我想：小時候我就讀過「龜兔賽跑」的故事；一切條件都優越的兔子不是也輸了麼？

然而，「龜兔賽跑」的故事沒有再現，那實在是可遇而不可求的。以後事情的發展正如想像中一樣：蘇玲琇跟周大坤結婚了。我看到她伴著丈夫在馬路上散步；我看到她那半透明的絲縷掩不住動人的身段；我看到她挺著「帶球走」的肚皮上菜市場買菜；我看到她推著娃娃車向著朝陽走去。現在，我所能夠得到的也就僅是如此；默默的看看她了。是的，我已沒有幻想也沒有希望獲得她的芳心，但我仍然是深深地愛著她，戀著她。

我曾捫心自問，我有什麼值得蘇玲琇傾心的特質嗎？沒有。突然之間，迷失多年的往事，一下子重現眼前，讓我一時茫然得張惶失措。

我聽人說過：被愛是幸福的，愛人是愉快的。像我現在這樣，是愉快的麼？如果說我是愚蠢的，那麼上帝為什麼要用這個——姑且名之為癡情吧，來蹂躪人類心靈呢？我茫然。

人是愛幻想的，我就常常在幻想中原諒了自己的所作所為，又沒有妥貼的安身立命的本領，到頭來把自己弄得焦頭爛額，如此不堪！

人生如果只餘下一聲嘆息，那就坦然面對吧，我忠實的警告自己。

最糟糕的是，我在心裡沒有預設最糟糕的底線。

我的心情是複雜的，矛盾的；我一方面極力的不想看到她，另一方面卻又一心一意的想看到她。每看到她一次，我的痛苦就增加一點。恐怕在所有的古今中外的戀愛史上，都很難找到像我這樣的先例了；我彷彿是一個拳擊家，一蹦一跳的上了擂台，我出拳踢腿，先練習一下李小龍那套基本功，躍躍欲試，滿以為可以打倒對方的，誰知道腳步還沒有站穩，就被一拳揍了下來，跌得鼻青臉腫！

如果不看到她呢？我又嗒然若失，坐也不是，站也不是了。

直到有一天，她搬了家，我也轉入了警界，彼此才沒有再見面，她在我的腦子裡才逐漸的淡出，這段沒有開始的戀愛就此宣告結束。

以往，我一直以為自己是無所不知的資優生，現在我才知道自己是一無所知的大笨蛋。

光陰彷彿老師，我慢慢學會自由進出孤獨的境界——我的生命經過了淬煉。

四

劉達偉見我久久不言不語，怔怔地望著我說：

「督察長，要不要帶她來見見你？」

「不用了。」我像是自語，又像是問他：「她怎麼會淪落到這步田地的呢?!」

「噢，說起來也怪可憐的吶。」劉達偉說：「被丈夫遺棄了，她丈夫是個喜歡拈花惹草的人物，仗著有幾個錢，隨處留情，早就把她『歸檔』啦。她又很倔強，不願意回到娘家去。這些都是從她的口供中所得的資料。她一個人拖了兩個孩子：一個發高燒，一個是小兒痲痺。她大概是實在急了，無路可走了，才出此下策的。」他頓了一下：「看她那種樣子，根本不像是這種人。」

「贓物都追回了吧？」我問。

「全追回了，在樓上的保險櫃裡；手錶一隻和項鍊一條。」

「我看——」

我心裡想說什麼，但沒有說出口，又給嚥了回去。

劉達偉接過去說：

「我看督察長跟這位女士不僅僅是認識，而且關係不太尋常，是親戚吧？」

我點點頭：

「嗯，我想請求你一件事。」

他瞠視著我：

「請求我一件事？」

我告訴他說：

「請你馬上將那些贓物親自送還原主。」

「我現在就去。」

劉達偉走後，我再也忍不住的去了拘留室。與蘇玲琇雖然多年不見了，但是她的一舉一動，一顰一笑，有時仍會在我的心湖中盪漾。我雖曾努力，想把她從心湖中撥開，不要再讓自己為了這種近乎荒唐的傻事來困擾自己。但在這方面來說，我卻是個低能的。大概就是為了這個緣故，同事們只要一談到女人，我就會感到索然而走開，於是他們只知道我對女人冷感，因此曾有人問我：這是一種「天賦」麼？卻沒有人知道這一樁祕密。當我看到蘇玲琇時，我楞了一下，她的確變了不少：一臉蒼白，骨瘦如柴，全身襤褸，很像電池快耗盡時的電動玩具。但我還是頭一眼就認出了。她雖然消瘦了，憔悴了，但是她的容貌依然風韻猶存。她不管做了什麼壞事，但她的本質是善良的，凡事認識她的人，都會為她背書。我想：卿本佳人，天生麗質，本性善良，奈何遇人不淑，弄得這般落魄潦倒。或謂「天道忌滿，人事忌全」耶？

我想她一見到我時，一定會感到詫異、不安、尷尬和一臉羞紅的。然而沒有，一點也沒有。這是一種證明，證明她對我這個人根本就沒有放在心上過。天啊，這是多麼的不公平呀！這是多麼的荒謬呀！

我楞了一陣子，終於說：

「你是蘇玲琇麼？」

她緩緩的抬起頭來，望我一眼，又緩緩的低下去，只有一種初次做案而案發時的人所慣有的那種難堪。她咬一咬嘴唇，從牙縫裡擠出兩個子：

「是的。」

「妳好嗎？」我問。

「還好。」她的音量很低，聽起來一點也不好。

我感到我的問話很愚蠢。

她望著一隻小貓，眼珠子一動也不動，很像得了中風。

我將一包剛剛從郵局提出來的歷年的積蓄八仟元現鈔遞了過去，我的心情雖然很激動，但我的言語卻是十分平穩的。我說：

「唆，這個你帶著，現在沒事了，你可以回去了。」

她猶豫了一下，終於接過紙包，慢慢的打開，當她發現裡面包的是什麼時，詫異這才一下子爬上了她的臉。她皺著眉頭直直的望著我，顯然的，她被這樁很難想到的意外迷惑住了。

我連忙為她解釋：

「噢，這是你的先生周大坤派人送來的，他還向你懺悔，並且保證以後絕對痛改前非呢。」

她的眼睛裡忽然閃耀著一種稀有的光輝，臉上也展現著一種稀有的神采，彷彿一下子又回到了十年前她那本來的面目了。這也是一種證明，證明她是如何的深愛著自己的丈夫。十年前如此，十年後的今天仍然如此，這使我禁不住的翻起一陣醋意來。但，這只是一瞬間，不久她的光輝與神采就消失了，我發現她的眼眶裡漾著兩顆欲凝欲滴的晶瑩，那是千萬的悲哀、千萬的驚喜，以及千萬企待的綜合。

她幽幽地說，那音調中蘊含著無比的祈求與寬恕：

「真的麼？」

我點點頭，我的胸口彷彿塞了些什麼，說不出話來。

她那眼中的光輝與臉上的神采重又顯現，雖然她在極力的抑制著，但我還是看得出，隱隱約約地。

「人呢？他現在在什麼地方？」

我那十年前的創傷重又潰裂，痛苦逐漸加深。一瞬間，我終於有點眉目了，當時我的心情有若「五胡亂華」一般的紛擾，有一種說不出的情激在撞擊著我。告訴她吧；告訴她真相——周大坤並沒有如此，只要我把真相說了出來，在這樣的「對比」之下，她不會傾心於我麼？良禽尚知擇木而棲，何況人乎？這不是我一生中所夢寐以求的麼？機會終於來啦，別再猶豫了，別再痛苦自己了，抓住它，抓住它！然而，我又想到：她是那樣深愛她的丈夫，正如我對她的深愛一樣。我應該這樣做麼？我忍心這樣做麼？這不是趁人之危？我的心靈領域上彷彿成了戰場，兩隊勢均力敵——應該這樣和不應該這樣——在搏鬥，在廝殺！這種潛意識的活動不管我怎麼掩飾，我臉上的肌肉總會顯露一點的，但這種跡象她卻一點也看不出，因為她此刻所關心的只是她的丈夫啊。最後，我終於決定了，決定繼續撒謊：

「在高雄。因為有件事必須他自己處理，待這件事處理完，就會回來了。」

「送錢來的人呢？他還說些什麼？」她睨視著我。

「走了。別的，什麼也沒有說。」我木訥的應著。

隱藏的傷痕，或許更痛。她給我的失落感，讓我無法閃躲的痛苦迅速增加。我用手撫慰性的拍拍胸口，我想：我要用愛來淨化療傷，但願主會賜我能量。

她又問：「你們認識麼——我是說您和我的先生？」

我搖搖頭。

「那您為什麼釋放我呢？」她的眼睛裡畫了個問號。舉止之間，還是多年前蘇玲琇的樣子，只是容顏滄桑。

我楞了楞：

「我覺得你不是那種人，同時為了你有兩個生病的孩子。」

我想她要老是這樣不斷的問下去，就難免不露出馬腳來了，於是我又提醒她說：

「你該回去了，孩子不是等著去看醫生嗎？」

「噢，是的是的。」她剛想邁步，又不放心的問我說：「我真的可以回去了麼？」

我點點頭。她向我再三道謝後，便匆匆忙忙地走了。我目送她的倩影離去，心中惘然。我愛護別人，更愛自己。挪去受傷的心態，拆除心中的障礙，一切都往正面設想，幫助別人，何嘗不是造福自己。

她走後留下了兩件我要做的事：第一、我必須立即去找陸太太打聽周大坤的地址；第二、找到周大坤之後，我得設法說服他，希望他真正的能夠如我所說的痛改前非，回到蘇玲身邊去。這兩件事我不知道能否做到，但我必須全力以赴。希望他的心靈經過一番沉思，一番掙扎，終於有了頓悟，清醒過來了。

五

時隔多年，往事如煙，俱往矣，只餘華髮。此刻我獨坐燈下，那些往事又像走馬燈似的在我的腦子裡打轉。這個故事對我來說，雖然並不精彩，並不絢爛，不要說沒有一般戀愛故事中的高潮，甚至連那些應該有的「章節」也沒有。像是小貓的腳步聲，靜悄悄的，彷彿還沒有開始，就已經結束了。

我默默的自問著：

「這算是我的戀愛麼？這不算是我的戀愛麼？」

我不懂。

這顯然是個非常悲傷的故事，我不知道怎樣才能說清楚這樣的悲傷。

從今以後，我一定要懂得尊重人性，釋放自己。不要讓自己喪失同情和感受的天性，提升愛的心智成長和擴展。

大愛就是這樣，是人類圓滿的開展，祂讓你改寫這個世界。

我看看手錶，是十二點三刻，夜已經深了，一切都是靜悄悄的。微風從窗口飄進，帶來了一股寒意。我感到很疲倦，很累，我想休息了。

幻與夢

你在那裡呢？果實。
我在你的心裡。花啊！

——奈都夫人

窗外的晚霞帶著醉後的暈紅，使人有一種朦朧而不太真實的感覺。我真的朦朧了，我不知道我為什麼要到這裡來，更不知道為什麼要嫁給朱欣民！一切似乎都在迷離朦朧中的。難道這就算是「命運的安排」麼？我不懂。我茫然的抬起頭來，茫然的望望四周；這算是我的家麼？這算是真實的麼？怎麼我的意識中對一切都感到熟稔中又有著那樣的陌生呢？我感到迷惘、惶惑。是的，一點不錯，這是我的家，也是真實的。期待、失望、加上孤獨的嘆息，變成了概念模糊的朦朧，這就是「家」的全部意義吧？可不是麼，一天到晚在這幾間顯得越來越大的屋子裡巴望著，期待著——近來幾乎每天都是這樣期待著的；期待著朱欣民下班歸來，說說一般夫婦們常說的話，散散步，或者看場電影什麼的，總之，只要有欣民伴著，像婚前或初婚時一樣，做什麼都好。然而，巴望歸巴望，期待歸期待，他每天總是很晚很晚才回來。「他，不回來真好！」這是一位女作家用的一篇文章的「題目」，那篇文章我沒有看過，但不看我也知道八成兒了。其實不看也好；那裡面一定不知蘊含著多少的辛酸、幽怨和寂寞咧。這些自己已經有了，而且很多很多，「外銷」都嫌來不及了，還要「進口」？哼！

「他，不回來真好！」就是回來了，一吃過晚飯，就埋首於他那些似乎永遠做不完的鉛筆與米達尺所製作的圖表之間了。等他弄夠了，弄累了，往床上一倒頭，不消三五分鐘，就人事不醒的呼呼入睡，此刻就是在他的床鋪上試放核子他也懶得理會了。這個家在他來說，好像只是早出晚歸暫且落落腳的旅店。他把那些圖表看成了生命，比自己的太太要重要得多了，彷彿他來到這個世界裡就是為的那些圖表似的。

我怎能不感到悲憤呢？就拿上個月的那件事兒來說吧！那天我忽然覺得頭暈、目眩、嘔吐、渾身上下，筋筋骨骨的都不大對勁。那天晚上，他正在全心全意的繪製他的圖表，我告訴他說：「最近我總感到不大舒適。」「噢。」他連頭也沒抬，聲音也是平平淡淡的，那樣就好像中午聽說「吃午飯了」一樣的平常；平常得叫人疑心他是否聽著了我的話。我又說：「呼吸時胸口發悶，很費力。」他斜視我一眼，臉上有著一種大人逗小孩的神情：「那就不要呼吸好了。」這話若在以往，我聽了可能會覺得很風趣，可是現在卻非常刺耳。同時他那種比之一般人所厭惡的吹鬍子瞪眼睛的神情還要可惡，也著實使人冒火，但我仍然耐著性子，把一腔怒火嚥了回去，就像小時候生病時被大人捏著鼻子灌下一大口苦藥似的。我說：「我想去看看醫生。」他一面繪圖一面說：「嗯！好嘛。」這算是什麼話？太太的身體就當真抵不上他那幾張圖表重要？我很想跟他大吵大鬧一陣，也好舒舒這口被壓制了很久很久的悶氣。可是現在我才知道自己缺乏那些才能，也沒有那份天賦。於是，我只好悶聲不響的自己去了，帶著一千個不如意。回來後，我在他的耳畔悄悄地跟他說：「我有喜了呢。」

他一怔：「什麼？妳說什麼？」我又說了一遍。「噢？」他睜大了眼睛，臉上亮著稀有的光彩，像是從陰暗處一下躍到陽光下。這才放下筆，綻開一個充滿喜悅的微笑，在我頰上吻了一下：「佩貞，我真高興，我要做爸爸了！」我給他吻得心裡發酸，光想哭。多麼自私的人啊！他微笑，他高興，他吻我，為的只是：「我要做爸爸了！」

然而，這也不過只是一瞬間的，笑意在他的嘴角上還沒有完全消逝，他已經重抓起那支筆了，我忽然想起叔本華的愛情論來，他認為：人與異性所以能有愛情，是因為人和其他動物一樣，有「生殖的意志」，（The will to reproduce）因此愛情、結婚、生男育女，都是一種本能，目的是為了繁衍種族，所以婚姻生活不可能有快樂。他曾冷酷地說：「所以結婚乃是一種愛情的磨損，其情終必幻滅……」婚姻當真是這樣的可怕麼？當真是這樣的可悲麼？

怎麼不是呢？尤其是對他來說。任何一個粗心大意的男人，對他將要做母親的妻子，都會倍加憐愛，倍加親切的。哼，他好，他不但沒有一點兒那種意思，甚至連那種跡象也沒有。婚前他曾把我推上雲端，婚後就把我推入深淵，而且越來越不成話了；昨天竟連家也不回來了！今天是星期天，已經是傍晚了，還沒有個影子，看樣子，大概又不會回來了。這是從來沒有的現象，往後，也許就會變成常情了；什麼事單怕開頭，只要一開頭，往後就會自自然然的習以為常了。在他心目中，我的份量看來是越來越輕了；現在已經輕到連「鴻毛」也不如了吧？不然，他怎麼會這樣呢？日曆牌上那張紅色的日曆，在靜靜的望著我，瞅著我，好像在對我嘲弄，對我訕笑。「匆匆的結婚，所得的結果是慢慢的後悔。」這不曉是誰說的話，不管是誰，看來這句話是沒有說錯的了。

據我所知，某一知名女星，與丈夫結婚三十六年，超過了五個「七年之癢」，仍然恩愛有若新婚。她曾透露一次老公因事要去北京，行前忘記跟她吻別，她忍不住簡訊「提醒」：「你去北京，沒有跟我吻別，回來別忘了要加利息！」丈夫連忙回訊道歉：「罪過，罪過！對不起，對不起！回家時一定要『負荊請罪』，利息加倍！」

他（她）們結婚已近四十年，算是老夫老妻，還是如此幽默風趣，如此熱情如火。我們呢，新婚還不到三個月，相形之下，天壤之別，何其斯須！

「太太，開飯吧？快七點了呢！」阿蓮問我，大概是那個梳阿飛頭的小伙子又跟她有約了。

「好吧。」我說。

阿蓮把飯菜端上桌了，四菜一湯，其中一道童子雞燜冬筍是朱欣民頂喜歡吃的；今天是星期日，我自己上菜市場買的菜，碰巧這兩樣都有，就買了下來，然後又親手去做。這是很難分析得出的什麼心理，雖然很氣他、恨他、怨他，但是在任何一些小地方都還是那樣死心塌地的關心他。女人大概十之八九都是這樣的「賤」吧？抑或是女人天生的一種本能？中午左等右等的他沒回來，因此這個菜也沒有動，現在又端上桌了。一張偌大的餐桌，四面空空的，只有一隻飯碗，一雙筷子。我傻傻的瞧著；這算是一個家庭麼？誰的家庭是這個樣的？往後，這是十分明顯的了，像這樣的日子還長得很吶！唉！

我瞧著瞧著，那些碗筷忽然旋轉起來，旋成了一個個「？」；昨天下午我曾打過電話到他的公司，公司回說他下班後走了。今天是星期日，他是不會去上班了，那麼，他究竟是去了那裡了呢？移情別戀的跟別的女人去瞎搞了？那該不會的，欣民不是那樣的人，不，應該說他不是那塊材料；他幾乎笨得除了工程之外，就只知道「大貓走大洞，小貓走小洞」了。不過，這也難說，俗話有所謂「老實驢專門偷麩子吃。」誰能料得準呢？再不然，再不然就是出了什麼禍事；給車子撞傷了？或者給撞死了？我忽然想到今天我的眼睛皮一直跳；左眼跳財，右眼跳災，我跳的可不就是右眼嗎，天！欣民準是出了什麼禍事了！我不由的打了個寒顫，渾身顫抖，筋骨酥軟。要是他萬一遭到什麼不幸的話，我該怎辦？雖然他不懂體貼，對我日漸冷淡，但他天性忠厚淳樸，沒有一丁點兒一般青年人所容易犯的那種浮滑；雖然他那麼強烈的注重他本身的工作，而且遠甚於我，但是這些那些，就能構成我對他的厭惡麼？一瞬間，欣民許許多多的好處，都一齊湧進我的腦海。我正在惶恐不安、手足無措時，電話鈴忽然響了起來。上帝啊！這會是報信的嗎？我緊張萬分的握起聽筒；我的手在發抖，齒在打顫。我雖然從來沒有宗教信仰，但我此刻的心裡卻在不住的禱告著：老天菩薩保佑啊！假如一定要有什麼災難的話，就請統統轉加於我吧！

我一握起聽筒，就聽到欣民那種平平板板的聲音了：

「我今晚有點事，不回來吃飯了，別等我。」

像是一般旅客交代茶房，長官交代下屬似的，就是那麼簡單的兩話句！我的心雖然是放下了，但取而代之的卻是令人推不開的憤怒。我對他是那樣的關心，換來的就該是這個麼？這是多麼不公平呀！女人嫁了男人，難道就該有這種義務——驢前馬後的義務？男人娶了女人，難道就該有這種權利——發號施令的權利？……我緊握著拳，緊咬著牙，憤怒使我的拳頭和牙齒發狂的顫動著，我開始後悔起來。「為什麼要嫁給他？我為什麼要嫁給一個木頭人兒似的朱欣民？為什麼？為什麼？……」新婚期間，記得我曾像夢囈似的向欣民說著夢話：「欣民，有一天我們去遊歷歐洲好麼？那是我一生唯一的夢想」「好的。」他回答說：「我們去遊覽法國巴黎的凱旋門，那條大道像鑽石般霞光四射。義大利羅馬聖彼得大教堂，極其堂皇巍峨。英國的大不列顛，為英格蘭王國的起源。瑞士阿爾卑斯山脈，湖泊山水之勝，稱世界樂園。好不好？」那時朱欣民不過是個剛剛台大工程系畢業不到兩年的學生，就業不久的一個小工程師。能夠遊歷歐洲？其實我不過是隨口說著玩的，我很瞭解他的能力不夠，根本就談不上。但是他卻答應得那麼認真，那麼誠摯，彷彿把所有的情感都揉碎了放在裡面。我也許說是被他那份認真與誠摯給迷惑住了——世上還有什麼比這些更可貴的呢？於是，我帶著滿腦門美麗的幻想，我想我們一定會活得很好，一定會像一般小說裡所描寫的那樣詩情畫意。沒有想到婚後不久他就變了，變成了現在的這個樣子；他似乎早就把我這個人忘了！起初還好點兒，尤其是最近一兩個月，簡直越來越不成話了！男人難道都是這樣的麼；未得到之前是一副嘴臉，既得之後又是一副嘴臉？人心啦，真像是木頭眼鏡——瞧不透。我怎麼這樣的糊塗？我的情感怎麼這樣的容易衝動呢？人為什麼要有情感呢？從前羅馬的暴君尼祿

（Nere），在第一次簽署處死一個犯人時，曾感嘆說：「但願我不會寫字。」而現在，我則要說：「但願我沒有情感。」一個人如果沒有情感，像塊石頭一樣，也許就不會有痛苦了，不會有煩惱了，不會有寂寞了。石頭會有那些麼？

「太太，飯菜都冷囉！」阿蓮進來看看我，又看看飯桌，這樣提醒我。

「收了吧，我不想吃。」我抬起頭來，發現阿蓮已換了件淺黃色的洋裝，淺黃色的外套，塗上了一抹淡淡的口紅。活潑得像隻春天樹枝上的小黃雀。接著，我又聽到圍牆外那有點耳熟的口哨聲，於是我又加了一句：「妳有事妳就去吧。」

阿蓮很馬溜的收拾了碗筷，帶著一臉醉後的羞紅，也像隻小黃雀似的飛了出去。我看著她那種歡樂騰躍的舉動，突然感到自己彷彿老了，距離這種歡樂的年齡已經遠了。其實今年我不過才二十三歲，不，實足年齡才二十二歲，就算是老了麼？不能算老，而且十分年輕。然而，我怎能有那種不該有的感覺呢？——感覺到自己「彷彿」已經老了？我茫然。

家是男歡女愛的窩，是雙方細心經營的巢，不是單方面權力的享有，不是一般歇歇腳的旅館飯店。

現在，只有我一個人了，像鐘擺似的，從房裡擺到房外，是空空盪盪的；空盪得叫人發慌！看來也只有這樣擺來擺去的才可以證明自己的存在了。其實自己存不存在無論對這個世界或者自己來說，都是半斤八兩了。這個世界也就有這樣的雅量；多一個你不嫌其多，少一個你也不嫌其少。我自己呢？我真不知道怎樣來處理自己是好了，彷彿一個在舞台上突然忘了台詞的演員似的。我依然來來回回地擺著，也許能夠擺掉一個陰陰鬱鬱的黃昏，但卻擺不掉下一個以及更多更多陰陰鬱鬱的黃昏。

又是黃昏，又是黃昏！黃昏給予人們寧靜的享受，但黃昏給我些什麼？我一天到晚生存在死一般的寧靜中，寧靜對我已不算是享受，而是一種苛刑了。我什麼時候才能擺掉苛刑？什麼時候才能擺掉黃昏呢？此刻我有個非常熱切的盼望！盼望能夠找個說說話的對象，那怕是隻小貓小狗也好，即使牠們抓我咬我，我也情願、我也無所謂，只要有牠們在，我就很滿足了。然而沒有，連隻小貓小狗也沒有，只有寂寞！到現在我才知道，寂寞不僅是難耐的，而且是可怕的。尤其是對於一個女人來說。

晚上我躺在床上，房裡靜得像是太古時代的深夜。

此刻朱欣民是不會想到這些的吧？要是會的話——那怕是一點點，早就該回來了。電話響了，是他打來的，還是那句老話：「我今晚有點事，不回來吃飯了。」他今晚究竟是有什麼事呢？為什麼不在電話裡告訴我呢？不能跟自己太太公開的事，還能有什麼好事麼？……

氣壓很低，雨老是要下不下的；一大塊黑雲被粘在暗灰灰的天空上，像是乞丐身上的一塊大補釘。又像是一種人，生就一張沒有表情的臉。一陣微風，庭院中那幾株玫瑰的花瓣撒潑潑地落了一地。花瓣被風吹著，默然的飄過來，又默然的飄過去。忽然想起了一首〈浪淘沙〉，輕輕的吟著：「小院花飄零，幾點流螢，寒星點點嘆伶仃。長夜悠悠誰與共，殘月孤燈。長日坐空庭，惆悵飄零，蟲聲唧唧不平鳴。夢裡昔日空懷念，何時天明！」不知不覺間，淚已順著雙頰悄悄地濕透了衣襟。其實花已開過多少萬年了，也落過多少萬年了。花，有開就有落，像人有生就有死一樣有什麼值得傷心的呢？然而，我卻流淚了。近日來我不知道為什麼特別喜歡流淚，淚也不知哪來的那麼多，好像早就儲備好了留待現在來流似的。

我實在氣極了，有天我跟朱欣民說：「我很想回娘家過些日子。」當時他正在聚精會神的繪圖，頭也沒抬，脫口而出「悉聽尊便」。

其實我並不在乎他同不同意，而是，他關不關心的感應。他那脫口而出的四個字，像把利刃，一下子斬斷了我們之間所有的情愫（漢書鄒陽傳：「披心腹，見情愫」。）「情愫」沒有了，就一切都沒了。

次日一早我收拾一下，連聲招呼也沒打，就千山我獨行的回娘家去了。我見到父母，一問一答的寒暄幾句，我雖然柔腸寸斷，但我還是噙淚裝歡，經常在沉默中咀嚼自己的悲哀。這完全是我作繭自縛，自作自受，能怨誰呢？

過了三天，在我的意識中，彷彿三年，朱欣民非但沒有來接我，甚至連一通電話也沒有。這說明一件事，就是我們的感情是澈底的崩潰了。冰凍三尺，非一日之寒，我還能怎樣？天底下什麼事做錯了，都可以重來一次，唯獨婚姻例外，沒有NG，不能重來一次。我不斷的自問：我該怎辦？我該怎辦？……

就連至聖先師孔老夫子，也是個「大男人主義」，他有句名言：「唯女子與小人為難養也」。難道這是天命？我不禁長嘆：紅塵的試煉何其多?!

這種無力感，點點滴滴的鬱結在心，展望將來，一片漆黑。為此，我曾想過自我了結算了。我自覺自己是成長了許多，但還不夠成熟，思想方面頗多可議之處。

我曾不禁自問：我們是夫妻嗎？不像；是朋友嗎？更不像。那究竟是什麼呢？我答不出。

我們好像在兩條平行線，走一輩子，也不可能合在一起。

我曾經問過一位法師：世上有一個沒有是非，也沒有必須面對種種問題考驗的地方麼？他說：「從出生之後，人就進入種種是非和問題的考驗中了。就像這世界一開始就有春夏秋冬一樣，冬天妳怕冷，夏天妳怕熱，妳希望最好把最冷的冬天和最熱的夏天去掉，四季如春多好。其實這是大自然的自然運行，是去不掉的，只有把妳心中的『我』除掉就是最好消暑避寒的方法。這時候所有的冷和熱就沒有什麼可怕的了。念起念落，都在一念之間。希望三思再三思。」

他的話我似乎懂得一些，又似乎七竅開了六竅——一竅不通。

有一陣子我很想寫篇〈為母則強〉的文章，為天下許多偉大的女性爭口氣，從突破到突破所有的局限，讓那些大男人們刮目相看。說不準還能藉此揚名立萬，名垂千古，誰曰不宜？

為了這件事，我的確想了很久很久，因為自己太膚淺，褚小懷大，綆短汲深，徒呼奈何！

後來，我怕在家久了，遲早會「露出馬腳」，讓媽媽也跟著為我擔心，於是找了個理由，我就打道回府了。

我往床上一倒，好像不知做了多少事給累成那個樣子。光是一個勁兒的胡思亂想。東一下西一下，一點不著邊際，一點沒有秩序。想到末了，連我自己也不知道究竟是在想些什麼了。好久連夢也沒有了，以前時常做夢，也時常夢見欣民。記得有一次——在婚前一個午睡的夢中在山坡上追欣民，妳慢他也慢，妳快他也快，相隔沒有多遠，就是追不上。正追著，給欣民叫醒了。我揉揉眼睛說：「我在夢中追你呢。」他遞給我一束玫瑰：「今天是妳的生日，上班的時間已經過了，我是特地送這束玫瑰來的。」他在我的面頰上輕輕地吻一下：「不到五點我就會開小差的，我們一起出去晚餐。現在再繼續做妳的夢吧——我會跑慢點。」他剛走了兩步，又回轉身來說：「我忘了告訴妳一件事；我現在成了個詩人咧，喏，這是我發表的第一首新詩，妳看看。」他從皮包裡拿出一張報紙副刊給我，得意的說：「一有了情人，也就帶來了靈感了。」我接過報紙，那首新詩的題目叫「尋覓」，在題目的左下方有三個小字——給佩貞。詩是這樣的：

昨天，和妳別離，我發覺失落了一樣東西，尋尋覓覓，一夜未能成眠。今天，和妳重逢，我才恍然，原來失落的是一顆心。

我不懂得詩，這首詩也不能算是字字珠璣的好詩，但是卻是我所喜歡的。我不知讀了多少遍，然後又小心翼翼的把它剪下來，貼在相片簿裡的第一頁上，一有空就翻開來讀兩遍。那些日子也真甜得像首詩，美得像個夢。只要有愛，一切都值得期待，這是我的信仰。現在呢，也像那個夢一樣，只是醒了——夢一醒便什麼都抓不著撈不到了……。

朦朧間，他回來了，一走進房內，就嚷著說：「佩貞，報告妳一個好消息！」

大概又是一件他所設計的什麼工程很得意，這些，只能滿足於他那屬於男性的自尊，以及一般人晝思夜想的榮譽，與我有什麼關係呢？不，我甚至憎恨那些，雖然我並不反對丈夫對自己工作認真，但也總得有個限度，如果認真到除了工作之外什麼都忽略了，那就該另當別論了。現在的他正是這樣；似乎他的工作成績增加一分，對我的情感就減少一分。這情形縱然不光為我，就為他自己的身體著想吧，也不能夠老是這樣賣命的呀！勸也勸過，說也說過，一點用也沒有。現在我才繞過彎來，女人啦，除非在做小姐時說話才管用，一結過婚就狗屁不如了。難道人就是靠著工作而活著的麼？就是為了工作而生存的麼？我翻了個身，面對著牆壁，態度是冷冷的，聲音也是冷冷的：

「我不知道，也不想聽。」

他在床沿上坐下，像哄孩子似的用手拍著我：

「佩貞，妳怎麼啦？」

我的態度仍然是奶奶的鞋子——老樣子。

「這叫做毛竹筷子——學（削）出來的！」

他似乎並沒有理會，侃侃而言：

「明天，明天妳知道是個什麼日子麼？」

從他的聲音裡，可以知道他內心裡充滿了喜悅，但這份喜悅越發使我憎惡，使我起了反感。我搖搖頭，答他以無言的沉默。

他興奮的接下去：

「是我們的結婚周年紀念日呀，妳不是說過想遊歷歐洲的麼？我為了這個，花了幾個月的心血，於公餘時應徵美國設計了一座大橋，我戰戰兢兢，全心全意的投入。結果還是名落孫山。那次得獎的是位德國人，我曾經仔細研究過他的作品，其結構十分嚴整無瑕，大氣磅礴，以及不可代替性的壯觀。在數百人中脫穎而出，名不虛傳，我輸的心服口服。為了信守對妳許下的諾言，我要努力，努力，再努力！生命沒有時間等待奇蹟。這次美國加利福尼亞籌建一座圖書館，公開徵稿，我又『芳心大動』，為此我曾專訪過台灣國立圖書館，以及由鄧小平題字的『北京大學圖書館』。我仔仔細細的觀其貌、肖其意。我構圖的中心思想，是以東方古典之精華，配合西方現代之時尚，揉合成亦詩亦畫的雅緻、意趣和壯麗。我為此圖，費時一個多月，廢寢忘食。也許是『天佑勤者』，這次我的設計終於被採用了，獎金是三十萬八千元美金。到現在為止，我才辦完了一切簽證手續，以及公司裡的請假和交代。」

我骨碌一下坐了起來，茫然的叫著：「哦——」

他打開皮包，取出護照和支票，繼續說：

「佩貞，吶，這算是我送妳的一份禮物。明天就可以動身了，這是妳一直所嚮往的，是不是？」

「哦——」

他跟我挨近些，眼睛中閃著星星般的光芒。

「我們去遊覽法國巴黎的凱旋門、義大利羅馬的聖彼得大教堂、英國的大不列顛、瑞士的阿爾卑斯山脈……這都是我們老早就計畫好了的。好不好，嗯？」

我被一種驟然而來的情感撞擊得頭暈目眩，說不出一句話來。

他歡欣的笑著，像撫摸嬰孩似的撫摸著我的頭。

「人們往往把理想當著夢，以為夢就是夢，永遠無法實現的，於是也就懶得去追求了。其實不管什麼事只要一心一意的去做，沒有不成功的。妳看，我們的夢不是實現了麼？當然，為了這個夢，我曾經不眠不休，幾乎把什麼都忘了，但我覺得是愉快的。我似乎滿腦子裡只有一個目標——我必須完成它！人如果為了追求一個理想，一個目標，生命的本身也就越發有意義了。是不是？」

我仰起頭來，癡癡楞楞地望著他。我這才發現他的眼睛大了很多，顴骨高了很多，我感到很心疼。

我到現在才知道「愛，比被愛更美。」我被感動得熱淚盈眶。

他將身子俯下，深情款款地吻我一下。

「我也沒有把握絕對可以實現，但我發誓要盡力而為，因此，在事先我沒有告訴妳。直到上週我接到通知，知道已經成功了，但是為了給妳一個驚喜，仍然沒有告訴妳。」

「你瘦了很多！真的衣帶漸寬終不悔？」

「悔？悔什麼？不但有獎金可拿，還可陪同最愛的人周遊天下，更可收到『減肥效果』，一舉三得，何悔之有？」欣民的臉上「日照野塘梅欲綻」似的；綻放出的喜悅，像是蹣跚走出第一步受到鼓掌誇獎的嬰兒。

「這不是天大的喜事麼？咦！妳怎麼哭了？」

我哭了？我摸摸眼睛，我真的哭了！但我馬上擦去了淚。兩手緊緊地擁著他，摟著他。

「欣民，啊，欣民！」此刻生命所賦予我的本能，似乎只能這樣叫著、喚著：「欣民！欣民！欣民！……」

下面的話，就是盡在不言中。

一張畫片

為了下一代，即使是走向死亡，也能帶著安詳的姿態，坦然的容顏。這些，也許是一種天性。但是為了不是自己的下一代，能夠付出相等甚至更大的犧牲，那就，那就——

「爸爸，你猜猜看，我買了樣什麼？」

小菁一回來就背著手，又怪模怪樣的補上一句：

「限時五秒！」

我瞄了一眼，看到了一張畫片的紙角，但我裝著不介意的說：

「猜對了怎辦？」

「有獎，」她神氣十足的：「只能猜一次！」

「真的？」

「一言為定！」她不知在哪兒學會的一句成語，正好給用上了。

「什麼獎呢？」

「這——」她楞了楞：「一個橘子。」

我故作沉思片刻，說：

「畫片，一張彩色畫片，是吧？」

「部分答對，」這丫頭真機靈，順嘴來了一句：「獎品取消。」

我說：

「不是一張彩色畫片麼？」

她將畫片拿出在空中幌一幌：

「這是一張仙鶴畫片。」

我接過一看，很像仙鶴；體大翼長，嘴長尺餘，頷下有大皮囊，但不是仙鶴，而是鵜鶘。這種鳥產於非洲，阿拉伯人稱之為吉美．艾．巴爾，山海經裡叫鵞鶘，日本人稱為伽藍鳥。牠對於下一代的愛護、辛勞、甚至犧牲，是無微不至的。它從遙遠的地方，飲水後，它的腹部羽毛有種特殊功能，可以攜帶一些水給雛鳥喝，從海裡捉了魚作子女的食糧，一定要等到雛鳥吃飽了，自己再進食。在找不到食物的饑荒時節，它竟用自己胸口的肉和血，去餵飽幼鳥，直到自己為此犧牲生命。這種鳥因為動物園沒有，圖畫書上也少見，就難怪九歲大的小菁把它誤認為仙鶴了。

這張畫片的色彩很美，大概是一種什麼克羅米版印刷的。畫面也很醒目；是一對老的鵜鶘帶著一對小的鵜鶘在叢林附近的沙灘上玩，那樣子，很像上了年歲的父母攜帶幼子在學舉步，不知有多恩愛，不知有多慈祥。落日的餘暉，把那一對老的背影在地上拉得長長的，似乎顯得格外的「偉大」了。

我為小菁講述鵜鶘的故事，妻已將一大盤油炸肉丸子端上桌子，那種香噴噴的味道直往鼻孔裡鑽，逼得我一面講一面直嚥口水。妻來回的忙著，從廚房傳出來劈劈啪啪的聲音裡，這，可以知道是小老鼠拖木屐——大頭還在後面哩！

妻的臉上掛著一層平日少有的興奮，眼睛裡含著全世界的喜悅。我想：莫非是中了個特獎啦？但我沒有問。

待她轉身走進廚房時，我把這個故事草草結束，站了起來。先揀了個丸子給小菁，當我第二次伸出手來時，「啪答」一聲，妻的手裡抓著一把筷子，正好派上用場了。我像觸電似的一下子縮了回來，手背上的青筋立刻暴露起來，像是一條條要撥土而出的蚯蚓。她的眼珠子朝我一橫，一點也不像二十年前跟我「美目盼兮」的那個樣子。

「看你那副德行！」她的右手一伸：「買回了沒有？」

我茫然了。

「什麼？」

「還問什麼？今天是什麼日子？」

她怔怔地望著我，彷彿我臉上的鼻子眼睛長錯了位置似的：

我想了想：

「今天是週末，明天是禮拜。」我順手指指一張當天報紙上印的日期：「你看，吶！」

「貧嘴！」她的臉子一沉：「半個月前不就跟你說了，今天是阿明的生日，你不是答應給他買隻手錶的麼？」

我滿口應諾，立即轉身而去。

「啊！」我這才想了起來：「我——我——倒忘記了。」

「忘記了？還不快去買！」她的語氣是命令式的。半晌，她又補上一句：「他快回來了。」

我笑笑：

「太太！這又不是什麼外人，自己的兒子喲，幹嘛這樣緊張？怎麼，待會兒吃過飯去買遲啦？」

「你呀！」她的手指頭要碰到我的鼻子了：「就是這樣，裁縫丟了剪刀——光是吃（尺）囉！」

我坐了下來，採取以靜制動的策略。我慢條斯理的點燃上一支香菸，自由自在的吸了口，又自由自在的吐出去。

妻望望我那副悠然自得的神態，不得不改變了策略，帶點兒低聲下氣的意味，說：

「去嘛，吃飯早得很，還有好幾樣菜沒做好呢。」

我仍然不作聲，保持著原有的那份姿態。

她看看我，又憤憤的說：

「阿明已經二十一歲了，你這個做老子的可說是一點責任也沒有盡到！」

妻這麼一說，真像三九天喝了一大碗冰水似的叫人心寒！隨著這一大碗冰水，遙遠的記憶也復活了。那是在民國三十七年——

我們住在淮陰，明兒才兩歲；這孩子長得人見人愛，右手腕上有粒紅寶石似的赤痣。我們只有這麼一個孩子，因此更是把她看成寶貝了。一天妻因患了急性盲腸炎，給痛得臉都發了青。當時中共正在向淮陰方面推進，整天人心惶惶。我們也在準備沿著運河南下，在這當口，妻忽然患了這種病，真叫人心急如焚！我自己雖然也是個醫學院畢業不久的學生，只是在一家內科醫院幫忙，而開刀當然非外科不可，因此便立刻把她送到一家設備最好的仁慈醫院動手術。這是下午兩點鐘的事，明兒正在午睡；我將妻送到醫院時，壁鐘的指針剛好指著三點。

就在妻被送進手術室時，忽然傳來了砲聲，一眨眼工夫，就密集得像是陣雨，我立刻意識到這是怎麼回事了。我衝出醫院，衝向十里長街，衝向人群，不久我就看到離我家不遠的那個汽油庫著火了；火光熊熊，火舌在半空中騰躍著，像血，把半壁天都塗紅了。人群在烽火中慌慌張張的反覆無從。此刻我心中唯一想到的就是正在家中熟睡的明兒，於是我便不顧一切的往家中跑去，雖然砲彈仍然不停的在我左右前後落著、炸著。

不待我到家，我的心已碎了，原來我住的那棟以及附近的幾家房屋，已經成了一片焦土！一些未燒完的木器雜物，仍在冒著濃濁的黑煙，使人嗆咳不已。我的一顆心彷彿也給火舌捲了去，被燒著，烤著！

會不會有個好心的人發現房子著火時把明兒救了出去呢？……我悲哀的想著。我把一切的希望都寄託在這上面，這也是我唯一的希望了。然而，我又想：有誰會在這個時候，能夠冒著生命危險去救一個毫不相干的孩子呢？

這時我心中痛苦的程度，是無法說出的，只有耶和華被綁在十字架上手心被釘子釘時才能體會得到，或許比那樣還要厲害些。

我徘徊良久，終於捧著一顆血淋淋的心，向妻住的醫院，茫然的走去。我不知道此刻她的手術已否進行，是否順利；我更不知道我該怎樣向她傳達這個消息，以及她知道了會怎樣。……

天空是陰霾的，雲也是灰濛濛的。涼涼的風吹在我的臉上，清涼如水，我有一種冷的感覺。

在途中，一顆砲彈從我的頭頂上劃過，在不遠處爆開了，我沒有躲閃，沒有害怕，就好像我已經免疫了，絕對不會傷害似的。但在這一瞬間，一個悲劇已經完成；一家三口被埋在塵土裡，鮮血在他們的身邊流淌著，徐徐的。一大塊泥土成了紫黑色。我看了看，也許我的心情已很沉重，也許在戰亂中的同情已變質了，也許這兩種成份都有，總之，我祇是那麼淡然的看一眼，那麼淡然的微喟一聲，又繼續前進。

忽然，身後傳來了嬰孩的啼哭聲，那聲音也跟明兒一樣，一聲聲入耳鑽心，使人肝裂腸斷。這哭聲像是一根繩索套在我的脖子上，只是那麼輕輕的一抖動，於是我就不由自主的轉過身來，向著哭聲走去。在那兩具大人的屍體中間，我終於把那僥倖免於一死的嬰孩抱了出來，拂去臉上的塵土，看樣子也才兩歲光景。當我抱起這孩子時，我才想到一個問題：我該怎麼辦？往哪放？

我呆了一陣子，又將他放在路旁，希望能有人把他抱去。我在遠遠的地方看了好久，人們都張惶失措的奔走著，有的也停立片刻，又嘆了口氣走了。天，開始落雨了，那孩子在雨中哭泣著，聲音像磁鐵似的把我吸住了。我又第二次走回，將他抱起。

我把那孩子安置在一位朋友家，又趕到醫院。妻已動完了手術，她睜著一雙無神的眼睛望著我，微弱的說：

「我好像聽到砲聲，打起來啦？」

我點點頭，「嗯」了一聲。

她的臉上塗著一層焦急：「明兒呢？她好吧？」

我又點點，僵硬的點點頭，連聲音也是僵硬的：「好，她很好！」

我低下頭來，把一滴搖搖欲墜的淚擦去。一個意念閃入我的腦際：妻是剛剛動過手術的人，是經不起打擊的，就把那抱來的孩子暫時充一充明兒吧。

妻在醫院住了四天，就嚷著要出院了，在這四天當中，我已把那孩子的服飾完全做成明兒以前穿的服飾。他雖然比明兒稍稍瘦一點兒，但是眼睛大大的，皮膚白白的，也沒有多大的差別。唯一顯著的，就是他是個男孩。我想：事到如今能夠瞞她一時，就瞞她一時吧。在妻面前，我總是強忍著失去孩子的那種應有的情緒與反應，所謂「咽淚裝歡」，這真比痛痛快快的哭一場要難過多了。

直到妻出院那天，我才告訴她家已經毀了，現在住在一位朋友家。但她似乎沒有多大的激動，她的第一句問話就是：

「明兒呢？」

我的心裡一酸，但我強忍著說：

「當然也在那兒。」

我們到了那位朋友家時，那個冒充明兒的孩子正在熟睡，那樣子，就跟我們進醫院時正在熟睡中的明兒一樣。

我指指那孩子說：

「你看，明兒多乖！」

她走了過去，然而，我千萬沒有想到，只看了一眼，她的臉色突然的就變了；由青而白，繼而瘋狂地吼叫起來：

「他不是明兒，他不是我的明兒！」

她的眼睛直不楞登的瞪著我，一把扯住我的衣領，彷彿我就是傷害明兒的兇手：

「你賠我的明兒！你賠我的明兒！」

我愴然地說：

「不要激動，我跟你一樣的難過，這是戰爭——」

她沒有理我，鬆開手，把臉埋在手心裡，嚎啕大哭起來。

是的，我敢發誓，我的難過決不會低於她一絲一毫的，但我卻不得不強忍下去。

我安慰她：

「想開一點吧，這是劫數；這一次，不曉得有多少人家破人亡了呢！」

其實，這安慰是多餘的，我也知道，但我卻想不出更好一點的方法。朋友一家人都幫忙安慰她，勸她，但也都沒有用，直到她哭得累了，昏了過去。

也許是怕觸景生情吧？妻堅決不要這個曾經冒充明兒的孩子，要我趕緊將他送給別人。為了順她的心，適她的意，我便到處打聽；那些沒有孩子的親戚、朋友，以及托兒所孤兒院什麼的，都跑遍了，然而，在這整天砲火連天的日子裡，每個人都像泥菩薩過江，自身難保，誰還願意找來個累贅？因此到處碰壁。就這樣，一個禮拜過去了。

在這個禮拜中，妻的情緒時好時壞，來得也很突兀。高興起來，便餵那孩子米糕食物，視同己出；一不高興，就把那孩子一甩，嚇得他驚恐失色，狂哭不止。為了妻，為了那孩子，我終於以八兩金子的代價，跟一個孤寡無兒的老婦人談妥了，由她收養。

不知為了什麼——是不是可以這麼說：經過這些日子以來，我與那孩子已建立起一種情感了呢？因此，心裡有一種戀戀不捨之感。

與那老婦人談妥後的第二天，她就來領養了。沒想到事情卻有了變化；妻怎麼也不肯答應了。

「不行！不行！」她連聲嚷著：「我們自己會養！」

她望我直瞪眼，彷彿這個「點子」是我出的似的。

我半驚半喜的問：「真的？我們自己養他？」

她點點頭：「當然！」

就這樣，我們便把他留了下來，仍然用著明兒的名子。唯一不幸的，也許是因為受了太大打擊的緣故吧？妻患了輕微的健忘症，有時把過去的事忘得一乾二淨。不過這倒使我很安心，因為這樣才能使我們更平靜地生活下去。

淮陰淪陷後，我們順著運河到了鎮江，然後由鎮江而上海，由上海而台灣。在這期間，妻的身體一直不大好，孩子又鬧肚子，一把尿一把屎的都是我一個人。為了這孩子，真可算是歷盡千辛萬苦了！來臺後由小學、中學、現在已上大四了。雖然後來小菁出世，但我們對這兩個孩子都「一視同仁」，不分彼此。

「快去嘛！」妻聲音很低，那樣兒很像商討一件什麼機密大事深怕給別人聽去似的：「阿明說過今天要帶個女朋友回來，他早已是個大學生了，連隻手錶也沒有，哪像話？……」

「什麼？阿明今天要帶個女朋友回來？」

我不能不感到驚異起來，這倒不是為了想他早點兒娶媳婦，我就好早點兒抱孫子，早點兒過過做爺爺的癮，而是，而是因為阿明這孩子一直是個書獃子，一見到女孩子就臉紅，對於追求異性來說，真是個不折不扣的「大笨牛」。如今竟要帶個女朋友回來了，這不是個天大的新聞麼？

妻開朗的笑了，連臉上那些深深淺淺的皺紋都活躍起來。

「我還騙你不成？」這下她似乎「有理」了，接著就說：「該去了吧？」

我摸摸口袋，歉疚地說：

「不過，不過——我現在身上只有一百多元。」

她突然轉身走進房裡，我以為她一定是賭氣不理我了，然而不是的，不久她就回來了，遞了一捲鈔票給我。

「我就怕你到時湊不出，所以早就準備好啦。」她的手一揮，很像街口上的交通警察指揮車輛似的，一揮手：「趕緊去吧，別買那些太差的。」

我接過一數，竟是五張百元大鈔。我想：我是一家醫院裡默默無聞的醫生，每月收入雖然統統交由妻全權處理，但在我的預算中，只可勉強維持，當然談不上積蓄了。她為了「開源」，便替人家織毛線衣，每件五十元，但除了家務之外，起早睡晚的每月也不過是三兩件。這五百塊錢八成兒是她織毛衣的積蓄，那是要三、四個月的黃昏與夜晚一針一針的「織」出來的啊！

我沒有問，只是默默地站起，默默地走出，默默地品嚐著這種心情的感受。

人都是有一種聯想力的，在路上，由於妻的作為，使我聯想到小菁那張畫片上的鵜鶘，不過，鵜鶘是為了「自己」的下一代，但是她呢？由於鵜鶘那微微弓起的背，使我聯想到那位兩鬢已白的老人；由於買手錶的錢不夠，又使我聯想到那次我曾慷慨得近乎無聊的施予。

這件事使我像是一隻反芻的牛，反覆的咀嚼著，但越嚼越不是味道！

「那裡不舒服？」

「不，不是。」老人向我尷尬地說：「我是，我是——賣——血——」

我抬起頭來，重新向他打量了一下；他有雙淡藍色眼珠，很像美國人，若長在小青年的臉上，會增加幾分俏麗，但在他的臉上，卻格外的顯得滄桑。他穿著一襲藍布長衫，有幾處已經磨得發白了；年歲約莫六十多歲，弓著背，兩鬢如霜，臉色蒼白，那些皺摺的紋路裡刻滿了歲月的痕跡。

我向他提出忠告：「以你目前的健康情形來說，你應該補血才對。」

「我知道，不過因為，因為——」

他訥訥地說不出話來，一臉窘相，就像被扭進派出所的扒手似的。從他那舉止看來，無疑是受過相當教養的。但是，以他這把年歲，為什麼一定要賣血呢？是為了一筆什麼急用而又不願向人告貸才如此不可的麼？

我說：

「一個醫生，是沒有資格也不應該問人家有關醫療以外的私事的，但這次算是一次例外，你能告訴我為的是什麼嗎？」

他吞吞吐吐，結結巴巴地老半天，還是沒有說出個原因來。我想他既然如此，一定有了什麼難言之隱，我也就不便再問了。不過站在人道立場上來說，無論如何，我是不能從他身上抽出一點一滴血來的，因為那不僅是一種殘忍，簡直是近乎謀殺了。

他大概是看出了我的遲疑，猜透了我的意向，期期艾艾地說：

「不要緊的，三兩百西西是不要緊的。」

無疑的，他是非常迫切的需要一點錢了。也許是一時衝動，也許是一種天生的「惻隱之心」，總之，連我自己一下也分不清說不明，就從身上掏出了僅有的三百塊錢統統給了他。「這個，你先拿去用。」我誠誠懇懇地說：「不夠的話再來找我，只要數目不太大，我會盡我的能力的。」

他畏縮的退後兩步：「這個，這個——」

我將錢揣進他的衣袋裡，他又拿出非要還給我，我們像打架似的推讓了一陣子，他才懷著一種「卻之不恭」的神情，再三道謝後蹣跚地走了。那徐緩、沉鬱、而又帶點兒淒涼的身影；那佝僂、僵硬、而又帶點兒微慄的步子，好像是個挑伕挑著一副不輕的重擔，給壓成那個樣兒似的。

我第一次體會到，能夠幫助人也是件愜意的事。

一個星期過去了，兩個星期也過去了，那位老人一直沒有再來，我想他的問題大概已經解決了。我也就把這件事淡忘了。

一天傍晚，我一個人在衡陽街閒蕩，一個陌生中透著稔熟的背影在我的眼前出現，但不一會兒我就想起了，不會錯的；弓著背，兩鬢如霜，一雙淡藍色眼珠，一襲藍布長衫，有幾處已經磨得發白了，不是他是誰。但使我愕然的是，在他的身旁還有個穿著入時的少女跟隨著，看那種樣子怪親暱的。我看不見那少女的面孔，她的頭髮是剛燙過的，很時尚。但我可以測知她的年齡不會太大。我想起這老人那天賣血時吞吞吐吐、結結巴巴無法說出原因的神情，我猜想：他可能是在家庭之外，又來個「金屋藏嬌」了，由於家裡的太太職掌經濟大權，便出此下策。也可能是個老光棍，沒家沒室，孤家寡人一個，給這個舞女或者什麼花的纏得昏了頭，把一點積蓄揮霍完了，不死心，還要打腫臉充胖子，再來零售自己的身體，供給對方的揮霍。總之，不管是屬於那一類的，我都替他嘆息，替他悲哀。當然，如果他的年齡打個對折，又另當別論了，法國有一個什麼大文豪，不就說過「生命誠可貴，愛情價更高」的話麼？可是，他已經是六十多歲的人啦，還為此出賣自己的血，犯得著嗎？

想著想著，我又有點兒受人騙的憤慨，因為我曾為此慷慨的拿出了半個月的菜金！

我不願讓這件事在我的腦子裡繼續想下去，那會使人難耐的，於是我轉了個彎兒，岔到另一條街上。

然而，這件事在我的心中，還是一直好幾天都不大舒服。

昨天我因事去看一位同業老張，一進門，嗨，就看到那老糊塗在和老張談賣血的事。他見我進來，有點手足無措起來。

老張望望他，又望望我，說：

「怎麼？你們認識？」

「嗯。」我的鼻孔冒出兩道熱流，那裡面滿含著不屑的意味。

老張遲疑地說：

「老人的身體實在不能再抽血了。」

我本想把他的底牌揭開，把他的尾巴根子翻出來，再罵他一頓；用最刻薄的話罵他一頓，然後請他出去。自然，這並不全是為了我那半個月的菜金。

然而，我沒有這樣做，臨時我又改變了主意，這主意比起那些更不知要陰險毒辣多少倍，我含嘲帶刺的說：

「不要緊的，三兩百CC是不要緊的！」

老張的目光停在我的臉上，不住的畫著問號：

「這——？」

老傢伙倒是一臉感激的說：

「對，這位先生說的對！不要緊的，三兩百CC是不要緊的！」

老張還是不肯，但經我刻意的打圓場，於是，這筆交易成交了。也怪，老頭兒好像血一抽，反而給他抽出精神來了。他帶者鈔票和微笑，蹣跚地走了。我也似乎有了點收穫；報復的滿足。我心裡在想：賣吧！不要緊的！看你還能挨上幾次這樣不要緊的！

此刻，我又想起那個老頭兒的事了，我心裡想的不再是那受騙的憤慨與報復的滿足了，而是那三百塊錢，多冤枉！我自己省吃儉用的，連偶爾肚子餓了想吃碗麵也得打打算盤忍了，這好，竟把一大把鈔票送給一個陌生人來作毫無意義的揮霍，這不是活回頭了麼？不然的話——

事情就是這麼巧，到了一家鐘錶店，又碰到那老頭兒了，身旁還是那位我曾經見過一次背影的少女，也在選購手錶。他見到了我，趕緊將頭別到裡面去，裝著不認識和沒有看見的樣子。我呢，也懶得再跟他多費口舌，因此也沒有理他。

我不願看他（她）們，但我聽到他（她）們的說話，那是無法拒絕的。

「不要這種，太貴了！」那女的在說。

「這是名牌的，不算貴。」老頭兒輕描淡寫的聲音：「兩千二百元不算貴。」兩千二百元不算貴？哼，那要用你一千多CC的血換來的啊！不算貴！

「不，我要那種就很好了。」

老頭兒顯得很豪邁的說：

「你以前不是說過這種款式是最好看的麼？戴錶嘛，就得像樣點的。」

「要戴這麼好的錶又有什麼意思呢？賺錢也不容易啊！」

「買東西要的是稱心合意，錢，算得了什麼？」

他一抬頭，這時我剛好瞟了他一眼，我們的目光碰上了，他好像這才發現還有我這麼一個人在，像是一口咬了半個才出鍋的糖心湯糰，燙得慌，舌頭一捲，把下面的話給嚥了回去。然後嗓門壓得更低了，下面的話我雖然聽不清楚，但我猜得著。

他們在低聲爭執著，彷彿那女的是買主，光是挑剔；老頭兒就是賣主，光在圓場。最後還是老頭兒的固執勝利了；那隻兩千二百元的「名牌」成交了。

我買好錶；一隻五百二十元的，想起家中有那麼多的好菜，出了鐘錶店，又拐進雜貨店，捎了瓶高粱，然後便拿出跟太座第一次約會時的那種「小快步」，匆匆忙忙地回到家中。所謂是心無二用，把什麼事都忘得一乾二淨。

妻可真有一手，一桌子上擺得滿滿的，燒得雞像雞，鴨像鴨，一點不含糊。結婚二十多年了，沒想到她還是個「身懷絕技」的人啦！

我將手錶交給妻，眼角朝桌上瞥了一眼，肚子裡的五臟神逼著我嚷嚷起來：

「怎麼，阿明這小子還沒回來？」

妻望望壁上的掛鐘，眼珠子又拉到剛買回的手錶上，像在跟手錶說話：

「還不到十二點呢。」

她端詳了一陣子，又說：

「這是頂好的麼？」

我點點頭，懶得囉嗦。心想：孩子又不是自己生的，能夠這樣，也該列為「天字第一號」啦。

「還有再好的嗎？」

我搖搖頭。

她滿意的笑了，那笑容像是撥開雲層的青天；那樣明朗，那樣清澈。

大概是桌上那些味道發揮了「效果」作用，使我站也不是，坐也不是，乾脆來個眼不見心不煩，我便順手抓了張報紙，朝椅子上一躺，看看副刊再說，免得心裡油煎火烤的不好過。

十二點一刻，阿明終於回來了。這小子我一直還以為他是頭大笨牛呢，今天竟真的帶了位女朋友回來，而且是如花似玉的。

阿明給我與妻向他的女友介紹一下，然後指指那女孩子說：

「這位是余宛莉小姐。」接著又說：「剛剛她父親跟她買手錶，耽擱了好一會兒，你們餓了吧？」

那位余小姐很適度的朝我及妻欠一欠身子，叫了一聲伯父伯母。

就在我含笑點頭時，我楞住了，出現在我眼前的竟是一位穿著入時，頭髮燙得很時尚的少女。我將目光移到她的手臂上，那隻「名牌」手錶正發出耀人眼目的光芒。

妻忙不迭的將那隻新買的手錶拿出，交給阿明說：「你爸替你買的，戴戴看，這是隻頂好的啊！」

「買這樣好的幹嘛！」阿明高興的連牌子也沒看，就跟我說：「爸，花了不少錢吧？」

我的臉一紅，就像做了什麼虧心事，被人發覺而不願點破似的。困窘與尷尬使我久久說不出話來。

阿明一點也沒有介意這些，只是低下頭來，輕輕地撫摸著剛戴在手腕上的錶。在同時，余小姐也做著同樣的動作；輕輕地撫摸著，那動作是極其自然的。看那樣子，珍惜的似乎不僅是對錶的本身，而是比它本身更值得珍惜的那點什麼——那點什麼我雖然說不清，但心裡卻能夠知道。

忽然，一個謎解開了；當余小姐撫弄手錶時，我發現她右手腕上有粒可愛的赤痣！這粒赤痣說明了一切。將近二十年的一個悲慘的故事，延續到今天，想不到卻有著這樣一個令人驚異的結尾！我想：如果說那老人的犧牲是不值得的，愚蠢的，那麼，我們對阿明又何必如此呢？如果說妻對阿明的疼愛是過份的、多餘的，那麼，那位老人又將如何呢？

一般人，為了下一代，即使是走向死亡，也能帶著安詳的姿態，坦然的容顏。這些，也許是一種天性。我又想：如果為了不是自己的下一代，而能夠付出相等甚至更大的犧牲，那就，那就——

現在，我簡直不知道要怎樣來揭開這個謎底？以及該不該揭開這個謎底了？我所擔心的是：揭開這個謎底之後，那位老人、妻、阿明、以及宛莉會有怎樣的反應呢？……

吃飯時我才發現——準是小菁，她已將那張鶼鶼畫片掛起來了，剛好和我正對面。如今，那張畫片上彷彿多了一條直統統的軌道似的，我的思想順著這條軌道一下就跑到那位老人的身上；我好像看到他蹣跚的背影，以及，以及——心裡有一種說不出的難過，像阿明給我斟的那杯高粱，辣呼呼的；又有一種說不出的好過，也像阿明給我斟的那杯高粱，香醇醇的。這兩種心情重重疊疊的摺在一起，使我想哭又想笑，想笑又想哭……

民國五十三年十月《文壇》五二期

求職記

在前年的一年多當中，我所作最多的事，第一是看《中央日報》，但我看的既不是副刊上趙滋蕃的《子午線上》、南宮博的《大漢春秋》。我所看的，全是報紙第三版下半截——人事欄分類小廣告。是在那些小廣告中尋求希望，尋求生活的依據，因為我是一個失業者。其次就是寫作，寫的全是包括祖宗三代的自傳。然後小心翼翼的摺好，裝進信封裡；這裡面裝的不再是自傳與履歷表了，而是希望。然後按照小廣告上的地址，把這些「希望」寄了出去。於是我便開始等待；不，應該說是祈求，祈求這些「希望」早日光臨。

不錯，台灣這麼大，每天報紙上人事欄內的小廣告那麼多，真是五花八門，應有盡有。而我，又是四肢健全，五官不殘不廢，人又不傻不愣，難道說，當真的就沒有個機會麼？然而，原因是：我從十八歲以後就一直是個耍槍弄炮的阿兵哥，這不是三錢買隻毛驢子——自誇自奇（騎），你說吧：踢正步、衝鋒陷陣、打槍打炮等等，簡直是虎口長毛——老手！可是，一脫下二尺半，就是英雄無用武之地了。

失業時滋味，是很難找到恰當的詞藻能夠三言兩語形容得出來的。儘管你有特殊的想像天才，如非身歷其境也無法憑空想像得到的。就拿我這個「過來人」來說吧，也是同樣的說不清楚，道不明白。如果硬要勉強的找個比喻，那就好比一個不會游泳的人一下掉入深水裡，上不見天，下不著地；抓不著，又撈不住；使不得勁，又著不上力，除了光是乾著急！

所謂救急不救窮，再近的親戚，再好的朋友，最多只能住上一兩個月——還得老臉皮厚的。雖然先生們還能勉勉強強的，「忍」下去；太太們就不然了，平板的臉上，成天像是陰雲密布，隨時都要有落雨的樣子。你聽吧：不是嚷嚷著孩子們學費沒有著落啦，就是嘀咕著菜金不夠啦……總而言之，這些苦難好像都是由我給帶來的，不是我，他們是決不會發生這些問題。也許她們的臉子真的不是做給我看的，話也真的不是說給我聽的，但是我卻不能不處在那種心理下。我縱然再會裝聾作啞，也不得不另找目標。「轉移陣地」了。

人是不應昧著良心說話的，事實上也確是如此，靠薪水吃飯的人，一個蘿蔔一個坑，一個銅錢一個眼，誰也沒有把大陸上的田地房產揹了出來。她們就是特意做給我看說給我聽的，這也不能就一廂情願的責怪人家呀！所謂真正的「同舟共濟」、「患難與共」，那只不過在茶餘酒後談談說說而已，若說有，你見過？

因此，在這一年多當中，我前前後後的「喬遷」有六、七次之多。而每到一處，我都是老規矩；第一是看報紙，看人事欄內的小廣告；第二是寫自傳，寫履歷表。然後便是希望與失望在互相輪流的交替者，像是白晝與黑夜一樣，永遠是那麼無休無止的。

我是多麼多麼的希望著能夠自力更生啊！名位、待遇什麼都不計較，只要能夠解決食宿問題就行了。然而，我所抱的這種最低希望，也跟一般財迷心竅的人買獎券一樣——總是失望的。報紙上登的那些小廣告，雖然密密麻麻，洋洋灑灑，但是至少有百分之九十以上是我無法勝任的，這並不是說我已成個「百無一用」的人，或者是怕苦。而是我沒有他們所需要的專業知識、資歷、技術、體力、膽識，以及殷實鋪保等等。在這「可數」的項目中！照說，我總可以湊合一下吧？然而，問題又來了：怎麼像我這樣無一技之長的人如此眾多？就拿一個普普通通的小雇員來說吧——這是個做事最多拿錢最少的差事。不但要自傳，要履歷，還要筆試，要面試；更要走門路，拉關係。非得有關雲長那種闖五關斬六將的本領。雖然只有三兩個員額，應徵者一來就是一大群，他們好像沒有事情消遣，存心來跟我爭強似的。競爭的結果，不用說，平平庸庸的我，命運早就註定了；非敗不可！

以往，我總覺得自己很了不起，周身都是本領，都是才幹；簡直是無所不能。因此，把什麼人都不放在眼裡。現在，我才感到自己太渺小——原是個一無所能的人；並且要臣服於現實，而感到徬徨、迷惘和無依。天下最最不幸的，大概就是像我這般好高騖遠而又永遠達不到目的的人了。

最使我寒心的，就是以往那些跟我稱兄道弟的「莫逆」，如今一個個都跟我分離，都跟我疏遠，就彷彿我已成了個不祥之物，一身邪氣，沾到誰，誰就要倒楣一輩子似的。俗話說：「窮在鬧區無人問，富在深山有遠親。」以前我總以為說得太不近人情。現在我才體會到，能夠流傳下來的名言之所以能成為「名言」的道理了。

就拿老劉來說吧，以往，我們在大陸上就同在一個部隊，同在一個戰場，三番五次從死人堆裡爬出來的；甘苦共嚐，生死與共。來臺後，我們又是同在一個機關，同在一個辦公室，彼此不分，現在呢？聽說他在一家什麼營造廠當總務處長，老闆還是他的大舅子，其職位之高，權勢之尊，可想而知。大可媲美「群英會」裡周公瑾的那段自白——「主公與我，外託君臣之義，內接骨肉之親，言聽計從，禍福共之」！我想，找他弄個小差事，總不會有問題吧？因為川資無著，於是我便寫信給他，一封、兩封、三封……可是一直如泥牛入海。人情冷落至此，夫復而言！這使我想起曾文正公的「春冰薄，人情更薄」的話來，不禁心寒而慄！

我常常想，錦上添花的何其多？雪中送炭的何其少？難道說，這是上帝賦予人類的一種本性嗎？

由於焦慮、不安、惶恐、鬱悶和悲憤各種情緒的匯集，使我患了長期的失眠症。這晚，深更半夜睡不著，無聊已極，為了想暫時甩掉惡毒的現實所加諸於我的痛苦，便隨手抓了本書來翻翻。一翻就翻到李後主的詞〈望江南〉：「多少恨？昨夜夢魂中；恰似舊日遊上苑，車如流水馬如龍，花月正春風！」我輕輕地掩上書，輕輕地噓口氣，再也看不下去了。本來想忘記現實，甩掉煩惱的，結果反而如同拎著汽油救火，弄巧成拙，適得其反了。你想想看，此時此景，再來讀這些令人悲痛欲絕的文字，能不叫人「但見淚痕濕，不知心恨誰？」想當年，我雖然沒有過著像李後主那樣的宮廷生活，但也是「出有車，食有肉」。不是困乏之輩，到如今，年屆不惑，卻落得這般光景，又怎不叫人觸「文」生情呢？

每夜，差不多都是這樣；在睡夢中我所見到的，全都是迷霧、陰雲和霪雨。難道失業者的夢境都是這樣的麼：只有陰霾，沒有陽光？

我心灰意冷，頹廢消沉，但是這樣能夠解決民生問題麼？我能這樣長遠的老臉皮厚的寄人籬下麼？雖然我也曾想到「居生不樂，不如歸去。」那樣一來，便什麼苦惱都沒有了。然而，天生個性倔強的我又不甘心那樣。於是我只有掙扎！掙扎！掙扎！同時我也要看看這個世界，看看它究竟能將我折磨成什麼樣子？我也要看看自己，看看我究竟會不會被擊倒？

我忽然想到歪嘴老李，我們都曾有過金色年代，又是小同鄉，他家，我家，在橫直幾十里之內，都是數一數二的大地主，而我們兩人又都是孤丁獨子，因此，童年時代，一切都是隨心所欲，要什麼就有什麼。我們從不知道什麼叫苦難，什麼叫憂愁，彷彿我們的字典裡只有「快樂」這兩個字。以後，戰禍連連，戰爭與動亂使我們失落了原有的一切，憂患與苦難也使我們提早成熟。我雖然自信也很堅強，不肯認輸，但若跟老李一比，就差得遠了。就拿這次來說吧，我幾乎被無情的現實擊倒了，甚至有時夜深人靜，還生出跟那些沒出息的人一樣的想法；入土為安。而老李卻一直挺著胸膛去迎接時代的風雨，並且在風雨中親手建立起自己的小天地。

老李自從離開公職，任誰也沒找過，也沒求過，就直截了當的幹起這一行了——踩三輪。據他說，如今已小有積蓄，能夠碰到個合適的，就準備成家立業了。套句成語來說，正是「萬事齊備，只欠東風」啦。我在賦閒的一年多中，想到過很多「很有辦法」的人，單單沒有想到他；一個踩三輪車的。直到什麼路子都跑完了，都跑絕了，才有當無的來到他這裡看看。沒想到他還是那麼豪爽，那麼熱情，當天就買了張竹床，將我留下來。

「先住下來再說，別急。」他又給了我五百塊錢：「吶，先留作零用。」

這真是叫人想不到的，窮人會比富人慷慨。說來也真奇怪，人們的骨骸、四肢、五官、血液、筋脈，乃至於五臟六腑的部位、形狀、組織和功能都是一樣的，其所作所為何以有那麼大的差別呢？同時又使我有了新的醒悟：人與人之間並不全是漠視於道義的。但他給我的五百塊錢我堅決沒有接受，並且誠懇的告訴他，我所需要的只是工作；我住閒住了一年多了，實在不是滋味，我只想在前一兩天你每天幫我三十塊錢一天的租金，我也租輛三輪車去踩。我聽他說過，起初他也是這樣的。

「你行？」他的嘴巴幾乎快歪到耳朵根上了，帶著濃厚嘲笑的意味：「老兄，別看人家吃豆腐牙快，這可不像在碧潭那兒划船，划划歇歇的那樣舒適的啊！」

我訥訥的說：

「我可以試試！」

他直搖頭擺手，好像我說的話怪誕已極，荒謬之至，使他不得不搖頭擺手，不得不用重複的句子，加重語氣：

「大可不必，大可不必！」

我愕然的問：

「為什麼呢？你行，我就不行？我又不是缺腿少胳膊的。」

他像是一下抓著了主題似的：

「你說可以試試，這有什麼好試的？你得先問問自己，你有這種決心與毅力？這話說說簡單，做起來可真也不容易。」

在當時，我確實沒有想到自己有沒有這份毅力，縱然有，也不知道這份毅力能有多大，能維持多久。也許是覺得不如此就下不了台了。因此，我便以斬釘截鐵的口吻說：

「有！一定有！」

他的眼睛在我臉上盯了一陣子，好像從我的臉上可以看出我說的話是虛是實似的。

「也好，明天你就去租一輛先學學。」他笑得很開朗，在他的眉梢眼角，我看不出一點曾經歷過的艱苦痕跡。他隨即數了五十塊錢給我：「吶，這三十是租金，這二十是飯錢，到時自己隨便吃點什麼。我一出去就說不準什麼時候才回來。我自己也是在外面隨便吃的。」

半晌，老李又開腔了，很幽默的說：

「不要怕失敗，失敗是成功的媽媽。現在趕緊吃飯去，拐彎口那家的牛肉麵、蔥油餅都很道地，你去試試看，包君滿意。」

求人不如求己。決心一下，我一腳就跨進了「交通界」；踩三輪車。怎麼？職業無貴賤，只要不偷不搶，周而正之的以勞力換飯吃，誰說不可以？

於是，我便以三十塊錢一天的租金租了輛三輪車，拉到廣場上先行練了兩個小時，也許因我「天分過人」，也許因我天生就該吃這行飯，不多久就學會了，而且運用自如，得心應手。第二天就正式「下海」了。因為沒有碼頭，只有採取游擊方式；滿街跑。然而跑了一天，卻連一筆生意也沒兜上。

回來後歪嘴老李劈頭就問我說：

「怎樣，白跑了一天吧？」

這是最傷人的一句話。

我點點頭，我的嗓門像是有了什麼塞著，說不出話來。

老李的嘴巴一憋歪，兩眼一瞪，如老吏斷獄，犀利無比。

「你看你！」他那一臉氣急敗壞的臉色，好似在責備自己不學好的兒子，指著我說，「所謂幹一行就得像一行，好傢伙！你看你，穿的像個大經理！算啥？」他一向就是得理不饒人的，這下可抓著了，話中也是帶針帶刺的：「你這哪兒像踩三輪混飯吃的？誰敢招呼？人家還當你是從美國剛回到祖國，坐膩了四個輪子的轎車，現在來嚐嚐祖國三個輪子的風味，消遣消遣啦！」他頓了頓，又說：「是我先出去的，我還以為你會知道自己打理一下的。舊衣服我那兒還有幾套，明天你隨便揀一套，越舊越好，打扮一下——這也等於是赴宴的禮服。幹一行就要像一行。」

我低頭一瞧，他說的話的確是如此。不過，本來我就裝了一肚子的委屈，一肚子的辛酸。他不但沒有半句安慰，不表示一點同情，反而落得個現成人來抱怨，縱然他說的全是「道理」，在當時，我也不會有那份「聞過則喜」的雅量。於是我便沒好聲的頂撞過去：

「你能！你能！」

「你現在才知道我能是吧？」這好，你一說他胖，他跟時就喘開了。他粗獷的脫下上衣，往床上一甩，像賣膏藥玩把式似的拍打著胸前上一大撮黑茸茸的胸毛，接著又說：「生命中最珍貴的，就是擁有最深受難的層次，在荊棘中你能夠如履平地，連上帝也會展顏一笑，你就算是成功了。」他得意非凡的從褲袋掏出一疊十多張十元鈔票，「啪」的一聲往桌上一摜，像跟我示威，跟我顯能，還謅了句文：「這叫做遍地黃金無人撿，你行？」

他見我仍然沒有作聲，於是數了五張十元鈔票放在我的面前。

「還沒有吃飯吧？趕緊去吃飯去。」

我仍然沒有作聲，給他氣的。他繼續說：

「天還早得很，吃過飯再去走走。」語氣很霸道。

我知道他的心意，是對我好，好得有點殘忍。

「鑄山煮海，不是一蹴而成。」他又在唸經。

我知道他是個實實在在的好人，事情過後，他往往自動向我「負荊請罪」，這就是我們中間的黏著劑。

經過檢討改進，第二天我就揀了件破香港衫，一條舊卡其布褲子，脖子上掛條毛巾。打扮停當後，攬鏡一照，非常中意，心想：這下總該「合格」了吧？

於是，我又「猴」上「駕駛」座位，開始到街上兜圈子，兜了一個上午，兜得我腰痠背痛，頭昏腦脹。到了中午，惡毒毒的太陽，好像瞧著我哪裡都不順眼，都不如意，便集中火力對準我一個人，存心要給點顏色讓我瞧瞧似的，曬得我口乾舌燥，汗流浹背，眼花撩亂，心神恍惚。柏油路也變得軟粑粑的，黏糊糊的，踩起來就越發吃力了。

唯一能夠在那大太陽底下的，只有那幾根執迷不悟的電線桿子了，仍然那麼傻里傻氣的呆立著，一動也不動。其實它也不是心甘情願在那兒的，而是被許多電線牽扯著，捆縛著，使它想往東掙也掙不脫，想往西掙也掙不掉。給曬得一身臭汗，一臉苦相。

賣甘蔗的，賣冬瓜茶的，賣酸梅湯的小販在扯開嗓門吆喝著。我望了幾眼，「望梅止渴」就被我否定了！不然，我怎麼越望就越覺得喉嚨裡越渴呢？

我下意識的摸摸口袋，口袋空空的。其實這也是多餘的，因為我明明記得，昨天老李給我二十塊的飯錢今早換衣服時忘了帶，雖然出門不遠我就想起來，但我沒有回轉去拿，我總以為沒有那個必要，只要車子出門還愁沒有茶錢飯錢？

我這樣一面踩著、蹬著、想著。也真怪，就是沒有一筆生意。我所有的希望，好像都跟我「漢河楚界」的畫清了界限。

當我經過一座教堂，看到那教堂圍牆上的四個大字「神愛世人」時，心裡就格外的惱火了。假如耶和華真在裡面，我非要問問祂既然是愛世人，憑啥把我算是「例外」？憑啥厚此薄彼？否則，為什麼單單要把我「愛」成這個熊樣？整天「猴」在三輪上到處「獻寶」！「神愛世人」這句話，正如龜毛兔角，並不存在。這——唉！我真猜不透老李的心裡會怎麼個想法?!

我洩氣了——怎能不洩氣呢？我想：算了唄，這行飯也實在不是人吃的！

突然之間，我的耳畔又響起老李那種帶著嘲笑的聲音：「你行？……你得先問問自己，你有這份決心？……」

我記得我親口跟他說過：「有！一定有!!」

認輸算啦，好勝好強都是些年輕人的事了，同時總不能為了爭這口氣把這條命給送了呀──不，不！這不是一項比賽，認輸就可以拉倒的。往後……對了，我得試試我的毅力！

我跟自己商議著，爭執著。彷彿有兩個「我」，一個要這樣，一個要那樣，而且都是言之有理，另外連一個說句公道話的人也沒有！

兩腿發脹、兩眼發花、腰痠背痛、筋骨鬆軟，總之，渾身上上下下，沒有一處叫人舒心的。就好像全世界的災難都落到我的身上，全世界的痛苦都堆在我的肩上。非要把我壓扁，非要將我碾碎不可似的。

以往，在大暑天的「日正當中」時，我也曾坐過不少次三輪車，但是從沒有想到，踩三輪的人會這般痛苦；更加沒有想到的，車上老是沒有個人坐時，痛苦反而會更大些。這真是不可思議的。

今天的節目彷彿是場「比賽」，比賽耐力工夫。

莫非，天欲降大任於斯人，必先，必先什麼的？

我扯下肩上的毛巾擦擦汗，不禁啞然失笑起來。大概人都是這樣的吧？到了這步田地時，就會天南地北不著邊際的瞎想？一位過路的小姐朝我望望，她還以為我一定是做了不少生意，賺了不少錢，樂成那個樣子咧。

一輛小轎車從我車旁帶著一種誇張的姿態，耀武揚威的，六親不認的飛馳而去，接著又一輛，又一輛……我發現有一輛的窗口竟然伸出一個長耳大嘴的狗頭來，舌頭伸得長長的，四平八穩的坐在裡面，狗頭狗腦的。大概牠一定是坐慣了的，態度自然，模樣大方，很有點兒紳士氣派。對我彷彿是一種諷刺，很傷人。

所謂狗仗人勢，一臉都是目中無人的樣子。狗坐轎車，身為萬物之靈的「人」卻在踩三輪車，這又是多麼多麼的不可思議呢！這就跟武打片裡的和尚一面唸經一面鬥劍一樣的不和諧，不合理。然而，這種不和諧，不合理的現象，卻永遠這樣發展下去。日子一久，也就變成和諧、合理了。約劇格說：「社會是一個笑話。」這可不真是個笑話？

人生的兩極——歡樂與苦難，那樣赤裸裸的在我眼前展現。我極力不再去想些什麼，然而，思想卻成了我的叛逆，它偏偏將我往裡面拉，拉進悲慘的回憶……。

日頭甩西了，把我的影子剪貼在地上，笨笨拙拙的，萎萎縮縮的；窩窩囊囊的，像啥？根本就不像我的樣兒，一點也不像。肚子裡的五臟神開始不安起來，嘰嘰咕咕的，似在向我請願，向我斥責，向我抗議。這使我想起伊利奧特一句話來：「生命是一種期待。」是的，我現在就是在期待中；期待能有人照顧我一次生意，期待一個麵包，如此而已。其他，什麼都是次要的了。

「三輪車！」

我聽到有人招呼了，這三個字真是入耳中聽，我忽然振奮起來，這種情緒的感應，就像一些縣市長、議員們競選時累得聲嘶力竭，筋疲力盡，但在聽到收音機報告自己當選時一樣的興奮。

這是位老太婆，也是第一位招呼（此刻還不能說是照顧）我的人，我趕忙將車子踩了過去。照說，我應該笑臉相迎，我應該表示很感激她，而且我心裡也滿心想這樣做。可是，我連正眼看她一眼也沒有，這倒不是以為自己的職業卑下而藏頭縮尾的不大好意思。我所以如此的原因，實在是怕看到一雙可能拒絕的目光。

大概她猜準了我是個大陸人，用一口「台灣國語」說：

「大理街八十號，多少錢？」

她這一問可把我問住了。我到現在才想到了一個「嚴重」的問題，那就是我對臺北市的街道非常生疏。不錯，以往我也喜歡到處亂跑，差不多的地方都曾到過，但都是坐公共汽車，而且從來不記什麼路什麼街的。大理街？大理街在哪兒？既然不明方向，不知遠近，如何開價？但是這筆生意，是非做不可的——不只是為了生意，而是麵包，而是生命！

我落落脫脫的說：「請坐吧，價錢，隨您便。」

她像是深怕我會敲她一記竹槓似的，堅持著說：「不，你說個價。」

我不能多要——也不敢多要，於是我伸出五個指頭：

「五塊錢好了。」

她跟我還價：「四塊，四塊怎樣？」

我在心裡早就決定這筆生意是非做不可的了，同時又是頭一筆，別的不說，也該圖個吉利，對吧？因此，我一口就答應了。也許因我答得太爽快了，她反而有點猶豫起來，那樣子活像我們在萬華買東西還價還脫了口，又不好意思走開，帶著一臉「認了」的意味。

待她坐上車後，猶豫就移交給我了；往哪去？但是事已臨頭，也只有騎馬看花——走著瞧吧！

我從小南門向北，把一條中華路都跑完了，再七彎八拐的到了中山北路，就是見不著大理街。我彷彿衝出了太陽輻照的範圍，進入另一個星球。又過了一會，我感到暈眩，天啊！這是哪兒？我覺得光是這樣瞎闖也不是辦法，於是我便問一問警察，經警察一指點，我又得「回頭是岸」了，原來大理街就在小南門那兒。

再走回頭路時，就覺得車子越來越沉重了；像隻蝸牛似的，車子沉重而緩慢的向前移動著。此時，我簡直不能相信我所拉的只是位骨瘦如柴的老太婆，而是整個臺北市，整個地球！

這樣前前後後的拉了有兩個鐘點，得了四塊錢的代價之後，我將車子在一個角落停下。歇了一陣子，喘了一陣子。然後喝了兩杯冰水，又買了兩個麵包，坐在車子的腳搭上，啃著，嚼著，一滴不知是汗還是什麼，滴在麵包上，鹹鹹的。

連同今天，三天的租金就是九十塊，而我所得的僅是兩杯冰水和兩個麵包！至此我才瞭解一件事：花錢有多麼的容易，賺錢就有多麼的艱難。

「慢慢來，什麼事頭幾天大概都是這樣的。什麼樣的鋼，都是經過冰冷與高熱反覆錘鍊而成的！」接著，我又跟自己說上一百遍——不，哀求一百遍：「再試試看吧——試試我的毅力！」好像我就有那麼大的好興致；用來鼓勵自己。是的，我是個堂堂的七尺之軀，我不能在這「起點」上就倒下來。老李也曾跟我說過：「我們這一代多是在顛沛流離中成長的，我們不能以為這世界上有了醜惡的一面，就全部抹殺了所有美好的一面；不能以為這世界上有了陰霾，就否定了太陽。牢騷、消沉、憤懣、詛咒、……都是些逃避現實的幌子。」對於寄生於這個世界的毒菌最有力的抗拒，就是，我必須拿出勇氣，拿出原始人類的尊嚴！走下去，一直走下去！我要給苦難中的人們做個榜樣！用真正自我的行動向他們呼喚；人，是不應該倒下去的！除非你是個沒有骨頭的先天性的軟體動物。

就是為了這個意念在支持著我，經過無數的煎熬，經過無數的磨難，我必須從無垠的沼澤中，從絕望的黑暗裡，一步一步的接近了彼岸，見著了曙光。

這天中午，我還沒進大門，就聽到老李尖著嗓子在唱「梁山伯與祝英台」的黃梅調。唱得腔沒有腔，韻沒有韻，說不出是啥味道！不過可以測知他那聲音與心情是成正比的——也就是說，他的聲音能有多難聽，他的心情就能有多快樂。他從來就沒有這般過，是為了什麼呢？我想不出。

我一進門，夠意思，他還在理手划風的扭著呢！沒待我開口，他就順手在我肩上一拍，說：「嘿，算你走運！」

「什麼事？中獎啦？」

他沒有理會我，興高采烈地說：

「為這件事我跑了好幾天，總算給我找到了。我有位朋友新開設一家規模不算小的公司，現在需要個幫手——祕書，你去剛好。待遇是管吃管住兩千塊。這跟踩三輪車的一比，算是天堂了！」

原來他高興成那個樣子是為了這層事。我問：

「你自己呢？你也可以去的呀？」

他自嘲的笑笑：

「我這兩下子你也不是不知道的，拿得出？同時踩三輪踩了三、四年，練出了腿勁，習慣了，適應了，也就不想再變換生活方式了。你不同，只有你去頂合適。」

其實他那「兩下子」我怎會不知道？哪樣都比我強。至於說習慣了，適應了，不想再變換生活方式了，這完全是鬼話。哪有人不想舒適安逸而勞苦的？我知道他的用心，完全為的是我。我也知道他的個性，施惠於人總是那樣不著痕跡的。你若是跟他推讓，那就好似存心揭他的短，他定會跟你吱牙瞪眼的發起脾氣來。他如此捨己為人，何異縱井相救。培根曾說：「偉大成就往往來自靈光一閃。」說的大概就是這樣的吧！一來是為了「成全」他的苦心，二來我完全不是一個「可造之才」，所以也就裝痴裝傻的默認了。

他遞了張名片給我，繼續說：

「呶，就是他，地址上面也有，我已當面跟他談過，你自己去好了。」

他上上下下的看了我一眼，接著又是婆婆媽媽的一大串子：

「你得先洗把澡，理個髮，去去霉氣；再換套像樣的衣服——這樣哪能見人？還是我以前跟你說的那句老話：『幹一行就得像一行，賣什麼就要吆喝什麼。』這個世界呀，其實就是個舞台，什麼角色都要有，最重要的，就是要務實，裝什麼角色就得像個什麼角色。千萬不能這山望著那山高，一不如意，就牢騷滿腹的看著什麼人都不順眼了。」

他這番「老生常談」，卻說得我心服口服。也許是所謂旁觀者清，他似乎比我還瞭解我自己，經他這麼一指點，現在我才知道我就是那個樣子的人。

我沒有作聲，只是不住的點頭，表示「心領」了。待我的目光落到名片上時，不禁一楞，原來竟是周子美。大概老李已看出了我的神色，問我說：

「你也認識？」

我點點頭：

「不但認識，而且交情很好，我怎麼這多年就一直沒聽人說起過他呢？」

他擦著汗，看樣子，大概也是剛回來不久。

「那就更好了，他是從香港回國不久。你看，我也不知道你們認識，所以光說是我有位朋友可以來。要是說出你的大名，說不定他還得親自來請駕啦！」

他又習慣的朝板凳上一騎，向我揮揮手：

「閒言少敘，書歸正傳。趕緊準備準備去吧！現在是人浮於事，粥少僧多，不要再給腿快的佔了去。沒有機會的時候，我們得靠毅力來對付現實；到了有機會的時候，就不要輕易的放過。」

在他的催促之下，我洗了把澡，理了個髮，換上套淺灰色西服。所謂「人是衣服馬是鞍。」這樣一來，雖然是四十多歲的人了，也有點兒「翩翩」起來，好似一下年輕了不少。若在以往，我一定會神氣碌骨的坐著三輪車去的，但經過半個月車伕生涯，我沒有那樣，只是安步當車。

人生大概總是這樣的；過慣了安逸舒適的日子，一下勞苦起來，就覺得苦不堪言了；若是經過一段勞苦生活，一下邁進安逸舒適的環境——甚至還在途中，就覺得滿心都是甜蜜了。現在，我正是這樣。

「神愛世人」這四個字又映入我的眼簾，此刻我才有所醒悟：上帝對於祂所眷顧的兒女們原是一視同仁的，祂雖然有時會給予他們一時的苦難，那只是給他們的一點警惕，一點考驗，但絕不會長久的。那圍牆是純白的，字是鮮紅的，一定是上帝蘸著自己的血寫成的，不然，在那斜陽下怎麼會顯得那樣光華四射呢？

我從公園中經過，仰望藍天，俯視大地，綠樹成蔭，百花爭艷，景色之美，令人陶醉。空中傳來一陣陣醉人的芬芳，那不是別的，而是植物與泥土混合的芬芳。成串的燕聲雀語，像春雨似的滴落著，滴落在芬芳的空氣中，有一種飄逸的韻致和夢幻的柔和。

以往也不知有多少次了，我也曾抱著一種很大的信心和希望去求職過，但哪一次都不像這次；這次簡直是小禿頭上抓蝨子；十拿九穩的。也許因為心中一高興，覺得一切都是可愛的了，如那樹木，那花草，那行人，那曾經被我咒恨過的渾圓太陽……凡是在我眼前顯現的一切，都是那樣的和諧，那樣的美好。彩虹、花朵、飛鳥……，不住的在我腦際中顯現、舞動、騰揚、飛躍。人生旅途上的一切困擾與憤慨，都有若寒霜在春風中逐漸的引退、離去、而消逝了。

「老陳！」

有人招呼我，我轉臉一看，呆了老半天才認出，竟是一年前、我曾一封一封也不知寫過多少封信給他求事而未得一點回音的老劉。

「怎樣，好吧？」

其實我這句話是多餘的，從他那一臉像秋後枝頭上的枯葉——乾巴乾巴的，以及那一身窩窩囊囊的衣服看來，就可以武斷的用上「窮途末路」這四個字眼了。

他乾澀的笑笑，兩手一攤：

「你看，會好得起來麼？」

我想起當年他走運時對我睬也不睬、理也不理的往事，顯然非我族類。我畢竟是個人，不由得滋蔓憤怒萌生敵意，因此我便調侃的說：

「這叫做十年河東，十年河西。聽說以往你一直混得很得意呢，是吧？」

他的眼睛望著遠方，深沉而低微的歎息著：

「人生的際遇很像天氣，說變就變。想不到因為幫人忙卻幫出毛病來了。我看啦，『助人為快樂之本』這句話要修正了！」

我的這張嘴巴也是尖酸刻薄慣了的，聽了他這話，格外的使我激動起來，於是我便連諷帶刺的說：

「記得我也曾寫過好多封信拜過你，求過你，但我卻記不得你曾幫過我什麼忙，甚至連一封回信也沒有！」我眼中的憤恨與怒氣一樣的濃。

「啊，那都是在我出獄以後才看到的，那時我連自己的忙也幫不上了。不過後來我還是寫過信給你，可是你已經搬走了。」

我詫異的問：

「你坐過牢？為什麼？」

「老闆和我替一個跑香港生意的朋友作保，想不到這位仁兄竟販毒走私，後來發了案，所謂『城門失火，殃及池魚。』於是老闆與我也連帶被關了一年多，直到兩個月前才得重見天日。」

起初，一種報復的心態分分秒秒都在滋長，我的心態一直是有仇不報非君子，此刻我的心理正在盤算著要如何以子之矛攻子之盾。可是當我了解實情之後，就完全改變了。我真能看到一個溺水的人而袖手旁觀麼？內心頓時形成一種善與惡的衝擊。殘酷與興奮結伴而來，一直拿捏不穩，我的心情起起落落。

最後我還是突破現狀，歸順了上帝，我聽到祂的聲音：「幫助弱者，是理性的最高尚的目標。」

我把「捨」與「得」這兩種角色互換與轉變，似乎並不難，只在一念之間。而這「一念」完全是上帝所賜，這是我以後才想到的。

我開始原諒他了，也開始同情他了。我關切的問：

「現在呢？」

他又乾澀地笑笑，又兩手一攤：

「還用問麼？無業遊民；一個道道地地的無業遊民。」

「原來的那個營造廠呢？」

他臉上的肌肉被痛苦給扭曲了，很像一二年級的小學生的水彩畫，把一張人臉畫得走了形那樣，歪歪斜斜的，要多彆扭就有多彆扭。

「垮囉，早就被查封啦囉！老闆現在在基隆碼頭上做小工。可是我因為身體不好，連個小工也做不了！」

我忖度著。

「自己什麼罪都還能受，能忍，可是一家四口；老婆，孩子……」他絕望的微喟著，接著又是那句老調：「所以我說呀：『助人為快樂之本』這句話要修正！」

我將他的就業與我的就業在心裡的天平上等一等，毫無疑問的，他的份量重些——他本人身體不好，還拖了老婆孩子一大窩。我呢？只是孤家寡人一個，自己吃飽了，一家都不餓了，而且孬好還有個職業；現在我一天也能賺上三十四塊了。於是，我沒有考量，沒有猶豫，從身上掏出老李給我的那張周子美的名片，又在背後寫了幾個字給他，也用老李對我說的那幾句開場白：

「嘿，算你走運！這位周先生是我的老朋友，現在新開設一家公司，需要一位祕書，你來得正好。待遇是管吃管住兩千塊一月。這跟……」

我說溜了嘴，竟把老李對我的說詞兒險些全部搬了出來——「這跟踩三輪的一比，算是天堂了！」說到「這跟」時，才想到這話不是驢唇不對馬嘴麼？於是我就像踩三輪車遇到了紅燈時一樣，連忙來了個緊急剎車；舌頭一捲，把下面的話給捲了回去。

他沒有注意到這些，也不會注意到這些。他接過名片，一對眼睛好似拭去塵垢般的鑽石，放射出異樣的光彩，就像獲得一件稀世之寶似的。半晌，問我說：

「你現在在哪兒工作？改天我來看你。」

也許因我看《中央日報》看得多了，久了，竟脫口而出：「中央日報社。」

一想不對，要是他有一天到中央日報社去找我，這個牛皮不是就吹漏啦？但是話已出口，無法收回。於是我便又自圓其說的吹下去：

「我是個外勤記者，一天到晚在外面亂跑，你找也找不到的，有時間的話還是我來看你吧。」

他的臉上爬上一層喜悅，連鼻子眉毛都滿帶著一種「感激不盡」的意味。也許是因為來得太突兀了吧？他竟楞在那兒，不知道該怎麼是好了。

我又學著老李跟我說的那幾句話提醒他說：

「你得先洗把澡，理個髮，去去霉氣；再換套像樣的衣服——這樣哪能見人？」

他如夢初醒後，緊緊地跟我握一握手，連聲說：

「好的好的。我現在就去，現在就去！再見再見！」

他剛走了幾步，我又叫住了他。他轉過頭來問我：

「還有什麼事麼？」

我本想告訴他「助人為快樂之本」這句話是不用修正的，但又不知怎樣措詞才好。我想：還是讓他日後慢慢去體會吧，所以沒有說。臨時想起將身上僅有的五十塊錢掏了出來，交給他說：

「我身上也沒有多帶，就這一點，我想你一定是用得著。」我發現他很窘，很為難，於是我也沒有等他說話，就將錢塞進他的口袋，轉了話題兒說：「嫂子跟大明、小明都好吧？過幾天我會來看你的，假如有空的話。」

他微微頷首，是莫逆於心的樣子。

在歸途上，我彷彿遺失了什麼，又彷彿撿到個什麼。我又想到那句話來了，「助人為快樂之本」真的需要修正麼？不需要修正麼？如果說不需要修正，那麼，我為了助人，今後仍然得去踩三輪車——在那惡毒的大太陽底下，那滋味真的「快樂」麼？如果說需要修正，那麼，我又為什麼要心甘情願的來做這件傻事呢？

我走著，想著。這一年多的失業，這半個月來的車伕生活，雖然使我受了不少氣，吃了不少苦，但也得益匪淺，那絕不是書本上可以得來的，也不是一些說教可以得來的，那完全是苦難所施予我的恩典。尤其是老李的那句「名言」：「做人要務實。」現在我已懂得了，我對他有一種救命的感激，這比什麼證書或者資格都管用，就像是一隻有了帆的船一樣，我想：我就不相信一直會遇不到順風的時候！

在歸途中，我帶著幾分沾沾自喜，摻和著幾分惴惴不安。快到家門時，我忽然想到了一個問題，那就是：我該怎樣向老李交差呢？他是好不容易的找到了個機會，為了我，自己寧願那樣苦下去，而我竟這樣輕易的轉給別人了，我該向他怎麼解說呢？他會責怪我麼？不會責怪我麼？……

看來今天不會好過。

只要我將話說清楚了，他也不見得就會責怪我的。怎麼？這叫做以其人之道，還治其人之身。他既然能夠將那個「肥缺」讓給我，憑啥不准我再讓給比我更需要的人呢？我既然能夠「成全」他的苦心，他又憑啥不能「成全」我對別人的苦心呢？他總不致於會那樣「獨裁」吧？這麼一想，我似乎又覺得理直氣壯了許多。

我在回程的路上，真是舉步維艱，終於還是想好了一大堆理由。

「成功了吧？」見面時老李頭一句就問。

我搖搖頭。

「噢？」他很意外。

我把要說的話從頭到尾說完了，就聽天由命，靜待他的發落了。

我以為他要大發雷霆了。

然而沒有。

他那雙勁氣內斂，深沉非凡的眼睛，溫和得像是寒冬的陽光，我的觀感也跟著大變，果然不出所料。

「你自顧尚且不暇，如此捨己為人，何異縱井相救。足見我的眼光不錯，沒有看錯了朋友。」

「謝謝你的賞識。」

「捨比得有福，今天我們都成了有福之人。」

「以後又要恢復原有清苦，但是我覺得我活得很實在。」

我好似沉疴已久的病人，忽然有了痊癒的感覺。不禁高歌一曲，唱出我的心聲，雖然啞聲破嗓，但我自己感覺很好。

老李思想純潔，本性善良，對人生哲學有他獨到創見。他說：「但願我們的智慧能夠互相激盪出又風趣、又勵志、又感人、又有創意的故事。你有這方面的才華，把它寫出來，獻給我們認識的以及不認識的朋友，分享我們的樂趣，也讓我們累積多年的老友情感，留下了美好記憶。」

他說得很誠懇，我不能推辭，就大膽的寫了。

老李在我心中豎立權威，不是口才出眾，而是人格超群。

民國五十三年七月《文壇》刊出

民國一〇五年四月修正

福壽山上

趙明剛自軍中退役下來，在家裡待了沒幾天，就覺得坐也不是，站也不是，煩躁不已。在未退役之前，還時常埋怨軍中這樣不自在，那樣不自由。如今一旦退役下來，無官一身輕，應該可以隨心所欲的「自由」啦，可是偏偏周身筋筋骨骨都感到不舒服。人，就是這樣怪！

正當趙明的情緒「低潮」時，郵差送來了一封信，是台中福壽山農場牟和三寄來的。

趙明剛剛入伍的時候，牟和三是他的班長。個子又大又壯，皮膚又黑又亮；平常對人有說有笑，打起仗來卻又狠又猛。來台後，升到官拜少校；退役下來，朋友們要他合夥做生意他不幹，長官拿錢讓他開店做大老闆他也不肯。最後，竟一個人跑到縱貫公路去開山了。

「他呀，」有人說：「退役下來，更上一層樓，去做山大王啦！」

「保準，」又有人說：「不出半年，他就受不了了，又要扛著行李捲下山啦。」

如今掐指一算，可不十多年啦，十多年過去了，牟和三不但沒有扛著行李捲下山，而且跟他一起去的安唐興、宋長青、王李發……也都沒有一個打退堂鼓的。

山上情形究竟怎樣？趙明連忙拆開信封，那上面寫的是：「……聽說你已退役，如果還沒有找到理想工作，希望來此，咱們大夥兒再一起幹，多好！至於此地情形如何，我不想先向你說明，以免『吹牛』之嫌。希望你能來一趟，只當觀光一番，就知道啦……」

「對，」他略帶神經質的一拍桌子。「我得去看看。」

「到哪去看看呀？」趙太太問。

「福壽山。」

「我怎麼沒聽說過，在哪兒？」

「台中。」

「跑那去幹嘛？神經！」

「我有位老班長在那兒開山，現在可能已經很不錯了。」

「玩泥巴的事兒，道道地地的泥腿子，那能有多大出息！」趙太太不以為然。「我看你呀，就免了吧。」

「不，我一定要去看看。」

趙明在梨山下車，掏出牟和三給他畫的那張簡圖，然後按照圖上的指示，向前走了三百公尺，果然有條通向山上的蜿蜒「大」道，有四公尺寬的石子路。他順著這條路大約走了半個小時，到了一條叉路口，坐下休息了一會，喝了口山澗的流水，清涼爽口。他又掏出那張簡圖看了看，便向右拐的那條斜坡走去，約摸又走了半個鐘點。天色已近黃昏，如果萬一走錯路的話，一個人在此深山峻嶺之中進退不得，怎麼是好？山風帶動樹林枝葉，呼呼作響。他忽然感到害怕起來。繼而又想：不會錯的，信上寫的清清楚楚，圖上也畫的明明白白，怎會錯呢？於是他不敢延緩，腳步加快了些。

走了一段斜坡，再向右一拐，忽然間，他的眼前一亮，恍然如入仙境。一塊塊綠葉叢生果實纍纍的果園，一塊塊蒼翠欲滴生機蓬勃的菜園。如果套用一句寫文章的話說，果真富於「詩情畫意」啦！

「哦！」他被眼前這種仙境似的景象驚呆了，不禁自言自語起來：「不是親眼目睹，別人把嘴唇說破了，我也不會相信的啊！」

「你不會相信的事多著啦！」不曉得什麼時候，牟和三從身後冒了出來。「我計算著這時刻你該到了。」

「這就是你們開墾出來的果園和菜園嗎？」

「這只是其中的一部分，」牟和三指指果園裡一棵「特大號」蘋果樹說：「你瞧著了沒有？喏，就是那棵叫『蘋果王』。」

「怎麼，蘋果也有稱王稱帝的嗎？」趙明順著他指的方向望過去，那棵蘋果樹的確與眾不同，足足有三層樓那麼高；底下用小杉樹的樹幹搭成蓋房子用的鷹架，一共三層，（別的只有一層）每一層每一面都用四根柱子撐著。

「這是人們給它的尊號，它每年所結的蘋果，至少在一萬塊錢以上。」他說著走進園裡，摘了一個比拳頭還大的蘋果給趙明。「你嚐嚐看！」

「這個蘋果擺在台北市水果店裡，起碼值三、四十塊。」趙明咬了一口，因為剛從樹上摘下來，特別新鮮，又脆又甜。

「味道怎樣？」

「好，好，好！」趙明一連就是三個「好」字。

「其實呀，你吃的這是三等貨——日本晚生旭種。」牟和三指指前面另一塊果園。「那兒才是最好的咧；五爪蘋果、元帥蘋果、金冠蘋果……。」

「唔，蘋果還有這麼多種？」趙明成了十足的土包子了。

「一共有十三種之多。」牟和三說：「水果商人把那些蘋果挑一挑，選一選，插上塊牌子；這是美國來的，那是韓國來的，一個就要好幾十塊！其實大都是咱們這兒的土產，不過是洋種罷了。」

他們走了大約五、六分鐘，便到了「宋莊」門口。

「嗨，咱們的『特別來賓』到啦！」安唐興走了出來，又回頭向裡面嚷嚷。於是宋長春、王李發都出來了。這些都是以往在一起同甘共苦、同生共死的老夥伴，多年不見，一陣寒暄總是免不了的。

進了「莊」子，趙明更加訝異了，紅磚綠瓦的房舍不僅排得整整齊齊，裡面的陳設，如沙發、彩色電視、冰箱，電話等等，無不應有盡有。

不久就開飯了，雞、鴨、肉、蛋以及各種蔬菜都是自己生產的，滿滿的擺了一大桌子，自然不在話下。老弟兄啦，三杯下肚，就如同白頭宮女話當年，話兒就更多了。

「十年前這一帶完全是雜草叢生、林木稀疏的荒山，不過咱一眼就覺得這兒可以開發。」牟和三抿了口酒。「咱們都是軍人出身，說幹就幹……」

「可是種啥也長不起來，」王李發接了過去：「那真把人屌都氣彎啦！」

「把一點老本兒全賠了，很多人勸咱趕緊拔腿，免得越陷越深。」牟和三說。

「算了吧，胳膊扭不過大腿，想跟老天爺比高低，那不是討飯的摔傢伙——存心跟自己過不去？王李發整天這樣唱唱似的唱著。」宋長青一撇嘴，向王李發扮了個鬼臉。

「別它娘的自己一臉大麻子，還說人家是禿子啦。你還不是一樣——成天嚷嚷，什麼命該八尺難求一丈啦。」王李發頂了過去。

「咱就不信這個邪，下山向老長官借了點錢，還是照墾不誤。到了第二年，新苗終於茁壯，而且欣欣向榮。可是一場颱風帶來豪雨，又把咱們的血汗全部沖光了！」牟和三說：「不經幾番寒徹骨，哪得梅花撲鼻香？」

「這真叫好事多磨了。」趙明說。

「這兒自海拔一千四百公尺至二千一百公尺不等，氣溫最高為攝氏二十五度，最低為零下六度。是不適應平地作物的。」安唐興的臉上皺紋多了些，可是到處都堆滿了欣喜與滿足的微笑。「後來幸虧輔導會聘請了好多位專家學者前來，就土質與氣候作了非常深入的研究，最後決定以高冷地園藝作物為對象。於是，咱們墾植了蘋果、梨、香菇、水蜜桃、櫻桃、胡桃、以及冬季蔬菜等等。由於不斷改進，因此長得一年比一年旺盛。」

「可真不容易啊！」趙明說的是由衷之言。

「這話可給你說對了，由墾荒、平整地形、挖渠、引種、試種到栽培，以及不斷力求品種、技術之改良。」王李發的臉紅赤赤的，彷彿要唱關公了。「其中辛苦，真它奶奶是一言難盡啦！」

宋長青端起杯子，拍拍趙明的肩膀，仍然像以往在一起「吃糧」時的老樣子。「來，乾一杯！明天咱帶你去開開眼界。」

趙明跟著宋長青到各處「觀光」，站在高處一望，遼闊的福壽山農場，盡收眼底；衝天高紅檜的霸氣，香杉和冷松的美姿，楓葉與銀杏的顏彩，各領風騷。散布在滿山遍野的果園、菜園，都是一片蒼翠，一片碧綠；微風拂面，清香撲鼻。心情也跟著像福壽山上的晴空一樣的開闊、明朗。

那些曾經身經百戰如今又成了開山英雄的榮民們，正工作在這片綠野上，愉快得像是春天的黃雀。

「怎樣？」宋長青問。

「太棒了！簡直是世外桃源！」趙明一詠三嘆的說：「人間仙境！」

「剛上山的那段日子可苦啊。」宋長青回憶著說：「由於環境髒亂，白天做苦工，夜晚還得餵蚊子！要不是老班長經常給我們打氣，早就跑光啦。」

「一分耕耘，就有一分收穫，在這兒可以得到證明了。」

「不管做什麼，一定要有無比的毅力、堅強的信念與吃苦耐勞的精神——老班長成大像老和尚唸經似的唸給我們聽。」宋長青看了看四周，接著說：「就因為他給了我們這幾項『法寶』，經年累月，終於把這座山開闢成為安身立命的世外桃源了。」

那天趙明跟宋長青整整觀光了一整天，連中午飯都是以那些平日難得品嚐的各種果實果腹的。一直到了夕陽西下，還流連忘返。

第三天一早，趙明就嚷著要下山了。

「幹麼這樣急？」牟和三問。

「我要趕緊回去，整理一下，再回到這兒來。」趙明說：「這一陣子我的確為找工作發愁，到了此地，你們給了我一個很大的啟示。」

「什麼啟示？」

「上帝給了我們一雙手的意義。」

「來吧！老弟。泥土永遠不會騙人的，只要埋下種籽，總會開花結果……」牟利三誠懇的說：「讓我們再一次的發揮團隊精神；流汗在一起，歡樂在一起！」

「這個帶給弟妹及孩子們吃，」第三天，吃過早飯，王李發拎了一大籃蘋果跑了來，上氣不接下氣的說：「多了怕你不好拿。」

「除了水果，山上也沒什麼好帶的。」安唐興說。

「我帶回的已經太多啦！」兵當久了，習慣成自然，雖然脫了「二尺半」，趙明跟大夥兒還是腳跟一靠，甩了個「五百」。說了「再見」之後，迎著朝陽，邁開大步，彷彿自己一下子年輕了十歲。

民國六十三年七月二日《民族晚報》

祈禱

一

七歲的謝明良不僅長得眉清目秀，更是聰敏伶俐，因此，不僅家中父母對他視若心肝寶貝，學校裡的老師也是愛護倍至。明良今年剛剛入學，就讀東園國民小學一年一班，由於他是獨生子，較之其他孩子們得到父母的寵愛與關注自然也就更加濃稠些。由杭州南路二段去學校，需要穿越林森南路的交叉口，路程大約十五分鐘，起初明良的父母因為不放心他自己往返，無論天晴天雨，每天上學或放學都由家人接送。最近因為明良父親工作繁忙，常有分身乏術之感，雖然如此，但對接送明良的事仍然列為第一優先，從未間斷。

一天中午，謝太太看到謝恢慈為了接明良，又為了本身的工作，忙的上氣不接下氣，於是就說：

「學校對學生們在路上的護導工作做得很好，而且阿良本身也很機警，很守交通規則，我看以後就不必天天接送了。」

「也好。」謝恢慈想了想：「不過，在沒有學校糾察隊維護的杭州南路口，還是不能讓他自己穿越。」

「只要他在那兒叫一聲，我就會去帶他回家的。」她轉向明良說：「阿良，你到了馬路對面，就叫媽媽，自己千萬不要穿越馬路呀！」

「你們放心好啦，」明良天真的說：「如果妳聽不到，我就一直叫，好不好？」

「好，好！到時媽一定會聽到的。」謝太太摸摸明良的頭。

「媽！我這次算術要是再考一百分，妳送我什麼獎品？」

「你說呢？」謝太太慈祥的望著自己的兒子，心裡洋溢著一種說不出的喜悅。

「我要一架會動的機器人。」

「好的，假如你再考一百分的話，媽一定買架機器人給你。」她想到孩子這樣聽話，又這樣用功，也該獎勵一番了。

「真的？」明良的眼睛裡閃耀著希望之光，好像已經看到了那架心愛的機器人一樣。

「媽什麼時候騙過你？」

明良樂得笑開了；笑得好高興，好開心！

二

三月十六日是個非常晴朗的好天氣，風和日麗，校園的玫瑰和杜鵑全部怒放了。蝴蝶與蜜蜂在花叢中飛舞著，私語著；春風忙著把花香送到這裡那裡，越發使人心曠神怡。學童們也跟樹上的畫眉和鶯燕飛鳴著那樣活潑，那樣逗人喜愛。考完了算術後，謝明良悄悄的跟老師說：「老師，我媽媽已經答應了，只要這次算術再考一百分，她說送我一架機器人。」

「你可以再考一百分嗎？」

「可以。」明良眨了眨一雙黑而亮的眼睛，十分自信的說：「一定可以。」

「希望你得到那個獎品。」王老師彎下腰來拍拍他的肩膀。

上課鈴響了，最後一節課是孩子們最歡迎的唱遊。明良隨著大夥兒在操場上唱歌跳舞，歌聲柔和清脆，真如「珠滾玉盤」。在他們小小的心靈中，一切都是那樣可愛，那樣美好；沒有憂慮，沒有牽掛；只有歡欣，只有快樂。如果說他們唱出的歌聲如糖，那，他們臉上自然流露的笑容就如蜜了。因此，跟這些天真的孩子們在一起久了，連老師們也會感到自己年輕起來。

五點整，鈴響一聲，孩子們收拾起書包，走出教室，高高興興的排隊回家。活動了一整天，有的人感到有點餓了，因而想到家中媽媽做的飯菜，不由自主的嚥了口吐沫。明良也不例外，但他心目中卻更想著明天就可以知道的算術成績，因為他想得到一架機器人已經很久了。

由老師指揮走出學校的大門，到林森路口，穿越林森南路時，跟往常一樣，先由兩位較大同學拉根紮著紅布條的繩子，通過斑馬線，阻止車輛通行，再由擔任糾察的同學維護大家整隊通過。就在這個當口，一輛××貨運公司大卡車急馳而來，對於眼前整隊正在穿越馬路的學童以及亮著的紅燈，似乎視而不見，並沒有停止的跡象。

「哎呀！」學童中有人驚呼起來。

「快跑！」像是一鍋滾開的油潑上一瓢冷水似的，一下子就爆開了。原本整齊的隊形全亂了，這種突發的情況使老師也手足無措起來，連忙招呼將要穿過馬路的幾位同學：

「快！」。

那輛大卡車不僅闖了紅燈，而且穿過了斑馬線，一陣撕裂人心的慘叫之後，呈現於眼前的是一片血肉模糊，慘不忍睹！除了林志程當場死亡外，另有輕重傷十多名，而其中傷勢最重的就是謝明良。老師立刻攔了三輛計程車，分別將受傷的學童們送進臺大醫院急救。當時現場哭聲四起，一片淩亂。往來市民，無不佇立圍觀，睹此慘狀，真是觸目驚心，感歎不已！此一罕見車禍，肇事原因，除了駕駛員不守交通規則之外，同時剎車業已失靈。

「這輛剎車失靈的貨車，何以通過監理機關的檢查？」有人抱怨了。

「司機既然明知剎車失靈，怎麼還敢在人車擁擠的要道上行駛呢？」有人憤怒了。

「那個司機一定要嚴懲！」有人咆哮了。

三

「張嫂，阿良回來了，妳去帶他過來吧！」謝太太一面炒菜一面說。

「我去？」張嫂猶豫一下，因為她今天早晨聽到明良說好要媽媽接的。

「嗯，阿良最喜歡吃我炒的魚片了。」謝太太說。

張嫂到馬路對面看了好久，也等了很久，卻沒有看到明良的影子，就回去告訴女主人。

「奇怪？我明明是聽到阿良在叫的嘛，怎會沒有呢？」謝太太放下手中的活計，自己出門到附近察看，果然毫無縱影。她看看錶，十二點四十分了，較以往遲了二十分鐘，怎麼還不回來呢？她以為明良一定是在路上耽擱了些時候，可能快回來了，所以乾脆就在路邊等吧。

「太太！」張嫂在門口大聲叫著。

「什麼事？」

「學校裡的老師來了，說是阿良出事啦！」

謝太太回來聽說明良被車子撞傷了，住進臺大醫院，什麼都顧不得，立刻趕去。可是待她到達時，明良已奄奄一息，不久，大夫就宣布明良的死訊。

所謂母子連心，一聽到明良的死訊，謝太太像遭到雷擊般的眼前一黑，當時就昏了過去。醫生和護士又趕緊忙著為她注射強心針等急救工作，王老師雖然也悲慟不已，但她卻不能痛痛快快的放聲一哭，因為還有許許多多的事等著她去料理。因此，她一面流著淚，一面幫忙照料善後，以及照顧其他受傷的孩子們，直到深夜十點多，才回家休息。

王老師已經躺到床上很久了，像烙餅似的，這邊烙好了烙那邊，雖然勞累了一整天，疲憊不堪，卻翻來覆去的睡不著。她的眼前晃著明良的容貌，腦子裡響著明良的聲音。「老師，我媽媽已經答應了，只要這次算術再考一百分，她就送我一架機器人。」她看看桌上一疊考卷，一躍而起，找出明良那份試卷，看完之後，她被感動極了；明良的試卷真的一題沒錯，整整的一百分，難怪這孩子那樣充滿自信，那樣有把握。

第二天一早，王老師不管明良的母親是否實現諾言，她就冒著如泣如訴的細雨，到街上花了兩百多元買了一架電動機器人，使明良達到心願。然而，當她送到明良家時，不料明良的母親已先買了一架機器人準備送給明良了。本來她打算好順便安慰安慰謝太大的，誰知還沒有張嘴，自己就先嗚咽了。她站了一會兒，原先準備好的話一句也沒有說，就帶著自己買的一架機器人回到教室，放在明良的書桌上，作為他的績優獎品。

窗外仍然是「煙雨濛濛」，如泣如訴，如訴如泣。

一夜的風雨，氣溫突然下降，寒風料峭，正在怒放的花朵，曾幾何時，都已凋零了，難道說現在已是「花落時節」了麼？原先在花叢中飛舞著的蝴蝶和蜜蜂，如今一隻也不見了！花園、廣場，越發顯得空曠，顯得淒清。

在王老師送來機器人之前，一年一班的同學們已在花園裡採了幾朵白色杜鵑花，放在明良的書桌上。往日的嬉笑聲沒有了，往日的吵鬧聲也沒有了，雖然沒有誰要他們怎樣怎樣，可是他們一個個都那樣靜靜的坐著，靜得像是一座座雕塑的石膏像；每一張小臉上，也都掛著一層可以抹下來的沉痛。當王老師走進教室時，有幾位女同學實在忍不住了，放聲哭了起來，原本就難以壓制滿心哀傷的王老師，一經引發，站在講臺上也跟著泣不成聲了。

坐在明良隔壁的女同學金小蘭，噙著滿眶欲凝欲滴的淚水，非常細心的將放置在明良桌上的杜鵑花整理成一束，把機器人輕輕的放在明良書桌的正中央，那種虔誠的一舉一動，不知蘊含著多少人類愛，同胞愛的情感！也不知蘊含著多少對明良突然逝去的哀悼！全班同學們默默的看著她為明良整理好了書桌上的東西後，大家由班長陳研伶領頭，都閉上眼睛為明良默哀三分鐘。這些孩子們發自內心的表露，其感人的張力，足足可把巴黎的鐵塔溶化掉！

這種哀傷的氣氛，不僅瀰漫了全班，也瀰漫了全校；這種感人的場面，一直延續了幾個小時，到第四堂課下課後，同學們才懷著沉重的心情，拖著沉重的步伐回家。

天色越來越暗，雲層越來越低，看光景大雨就要來了。王老師似乎沒有想到這些那些，一個人默默的走到林森南路口，楞楞的望著明良遇難的地方，悄然落淚。

「天下的司機們！」她在內心祈禱著：「由於你們一時的疏忽，給人間帶來了多大的災難，多深的悲痛啊！求求你們，求求所有的司機啊，當你們握著方向盤時，請你們要時刻想到這上面附著多少血肉之軀的生命啊！」

原載民國六十年五月七日《台灣日報》
六十年十二月《省政文藝叢書轉載》

魔手

他是位仁慈的社會賢達，是位名副其實的慈善家，是位很有辦法的偉大人物，他——王富貴，的確也是跟他的大名一樣；既富且貴。人大概只要一富貴，也就自自然然的跟著「偉大」起來了。

你如果到過他那豪華的豪宅，就會明白一般人對他的景仰是「事出有因」的了。客廳裡除開一切現代化設備不說，光是那四壁高懸著的名人字畫，就令人驚嘆不已，如張大千的潑墨荷花、葉醉白披鬃大尾四蹄騰揚的戰馬、梁中銘名揚中外的三羊開泰，以及于右任的大草、賈景德的隸書等等，雖然一律缺少「××先生雅正」的上款，但與各色現代化的家具相配起來，倒也互映生輝，耀人眼目。記得以往北平很多人都知道這麼兩句：「屋大樹小字畫多，此人定出內務府。」說明了一些暴發戶喜歡擺闊，但儘管可以蓋大房子買字畫，卻無法使樹木一下子長成，（北平人講究的就是這種氣派）同時說明了「內務府」是個「有油水」的機構。王富貴頗像這類人物，所不同的，是現在沒有「內務府」，而且他也沒有任公職。

然而，王富貴的確是「平步青雲」，用句俗話來說，叫做拎大茶壺的做老闆；一步登天吶！他究竟是怎樣才有今天的呢？這，原來他自有一套生財之道。

任誰，一有了汽車洋房，一有了名氣地位，連性格都會改變了，王富貴自然也不例外；以往喳喳呼呼的大嗓門，一張嘴就暈暈素素的全端了出來——尤其是對他的老婆，開口就罵，舉手就打。現在可不同了，哼哼哈哈的也有點「尖頭鰻」之風了。

王富貴的事業很多，這個董事長，那個總經理之類的頭銜都有。如果要他自己找出一點什麼遺憾的話，恐怕就是年已「知天命」了，只有一個兒子。這，不曉得是因為太太有了故障，還是自己不中用？不過，他對此也並不十分遺憾，原因是他的兒子——成志，自幼聰敏過人，又肯力求上進。本來嘛，望子成龍，人同此心，心同此理，更何況成志這條「龍」也的確不同凡響，而且又是一畝田一棵蔥——獨苗兒呢！他時常這樣自我解嘲其實也是一種炫耀：「兒子嘛，好的不用多，一個抵十個。」果然不負所望，今年大專聯考揭曉了，成志以最高分名列甲組榜首，這怎能不叫人欣喜若狂心花怒放呢？

該怎麼說呢？此刻，王富貴有點神經質的看著自己的 雙手，他從來都沒有這樣認真的看過。突然間，他的指甲變長，筋肉爆裂，鮮血斑斑。沒有人會相信的；連他自己也不十分相信，他的一雙看起來跟他生活一樣美好的手，卻是一雙魔手，一直在幹著殺人的勾當。

正因為沒有人相信，也沒有人知道，因此法律沒有制裁他，輿論也沒有苛責他，他，仍然是位董事長、總經理、社會賢達、很多人崇拜的「偶像」。但是，有一位法官卻不肯放鬆他，時時刻刻纏著他，逼著他；像用刑具逼供似的，非要逼著他實話實說不可。這位「法官」不是旁人，而是他自己的良心。

然而，向誰說呢？世界上最大的悲哀。恐怕就是這個了——連個傾訴和懺悔的機會也沒有！他的腦子裡脹痛得使他坐也不是，站也不是。「我操你祖宗的祖宗！」也不曉得是罵誰的，大嗓門又來了，順手拿起一隻高腳酒杯，框鐺一聲，齊白石那幅「殘荷」成了殘缺不全。

他癱瘓地斜躺在沙發裡，小李導演的一部影片在他的眼前展現，這部片子的內容是多彩多姿的，而主角就是他自己。

十年前，他只不過是個小康之家，但日子是安詳的，安詳得有如正午憨睡的小貓。一天遇到小李，小李告訴他一條發財的途徑——製造假藥。

「這是一本萬利的交易，」小李眉飛色舞的說：「也不像殺人放火那樣擔風險，萬一案發了，頂多是徒刑一年半載，而且還可以想法子假釋或改為罰款。」

「這，不是傷天害理的事麼？」他遲疑著。

「我跟你說吧，這個世界呀，就是這樣的；有錢的烏龜王八坐上席，誰有鈔票，誰就『偉大』，誰有鈔票，誰就是老太婆的簪子——路路通。等到財源滾滾而來時，你這樣捐一點，那樣獻一點，那不過是九牛一毛的事兒，好，你就可以成了社會賢達，成了個大善人吶。」

就這樣，那種原有安詳的日子躍動起來，噴吐出五光十色的罌粟花的火焰。美酒與美酒的撞擊，鈔票與鈔票的滾動……。貧困的日子秋風落葉似的失落了，接踵而來的是顯要與光輝。

開始時是一兩種，利市百倍，後來規模逐漸擴大，現下已有好幾種了。由於技術精良幾可亂真，經營得法，從未東窗事發過。因為都是麵粉做的，吃了也不會死人。如果是針藥，裝點自來水就行了。他這樣捐一點，那樣獻一點；這家公司投點資，那家工廠入點股。人們大都是盲從的，於是這裡那裡都爭著請他做董事長，做總經理，原因是他長袖善舞，早已成了有頭有臉的「工商大老」了。

當初，每至夜深人靜時，他的良知還偶爾出現，深感自己糊塗。但這偶發的良知卻敵不過強大無比的名利，經過一陣內心的搏鬥，良知終於丟盔棄甲，落荒而逃。後來日子一久，也就處之泰然，習以為常了。就像一些太保太妹的學生，家長替他們做牛做馬的繳了學雜費，自己卻不好好上學唸書，成天在外惹事生非。當初也有點不安和顧慮，日子久了，積習難返，也就不覺得自己是個糊塗蛋啦。

因為業務關係，王富貴經常在外面走動，偶爾回家一次，也都是來也匆匆，去也匆匆。但在另一方面他已有了足夠的補償，如財源不斷增加，名氣不斷提升，加上這個酒家的鶯鶯，那個舞廳的紅紅，在享受方面，他原本是個能手，自然不會有「空白」的了。

王富貴所以成為王富貴，也許就在於這一點，像個傑出的作家，能夠抓住重心；他沉溺於酒色之中而不忘卻自己，周旋於勢利之間而不迷失自己。總之，他懂得賺錢，也懂得愛護自己，更懂得愛護自己唯一的兒子。

要不是為了兒子，他可能真的「洗手」了。好不容易的闖出一條路來，何不趁此多弄他幾文？將來也好讓成志闊闊氣氣的留洋鍍金，不必跟那些窮小子們一樣，還得到餐館裡當茶房洗盤子。成志是他的命根子，是王家「龍的傳人」，自然非同小可吶！這麼一想，便又欲罷不能了。

一天，他接到太太的電話，語意焦急的告訴他成志患病住進了臺大醫院。他馬上趕了去，當他在四〇九室見到成志時，他已奄奄一息，雖經百般請求大夫挽救，終因病入膏肓，回天乏術，一命嗚呼了。

「我操你祖宗的祖宗！」王富貴給氣的一下子忘了應有的風度，一巴掌在他太太的臉上留下了五條清清楚楚的指印，咆哮起來：「你說，你說……」

幸虧給幾位大夫和護士把他勸阻下來。他太太則又傷心又惶恐的退縮在一旁。

「既然知道成志患的是急性肝炎，只要打幾針聖徽素就會好的，你怎麼搞的？」待了會兒，他又蹦又跳到他太太跟前，睜著一雙火焰欲噴的眼睛，挫著牙說：「你說，你說，你它媽怎麼搞的?!」

「是給他打聖徽素的啊，」她哀怨的呼號著：「誰知道那種針越打越厲害了，這才趕緊住進醫院，天啊……。」

王富貴第一次像這樣老淚縱橫的哭了，那種悲慟淒厲的嗓音，像是一隻垂死野獸的哀鳴。

回到家中，有幾個聖徽素的空盒子歪歪斜斜的在桌子上。王富貴順手拿起一看，我的天！他的血管立刻要爆裂了。這能怨誰？這能怪誰？原來這些藥都是他一手製造出來的假藥！雖然不至於藥到命除，但卻延誤了送醫的時間。

外面雨絲迷迷離離的落著，像是千千萬萬隻魔手在撕扯著人心！又像是千千萬萬的冤魂厲鬼，在黃泉路上，鬼門關前徘徊吶喊！陰風慘慘，鬼氣森森！他虛脫的斜歪在朱紅色的沙發裡，恍恍惚惚的看看這看看那，恍恍惚惚的想想這想想那，彷彿在睡夢裡掉落水中被淹沒了，完全是一副不知所措的茫然。

表面上道貌岸然，諄諄君子，骨子裡惡貫滿盈，天命誅之。惡行者屢有所得，食髓知味，心存僥倖。薛蕙集解：「天惘恢恢，有若疏而不密，而為惡之人，無有能逃也。」與善人同行，必有福報，和惡人同行，必得災難。俗話亦有善有善報，惡有惡報，不是不報，時間未到。時間一到，悔之晚矣！

王富貴猛然一躍而起，衝出門外，衝向郊野。在雨中跑著。

他用一生的愛，來撫育成志，翼護他，培植他。成志就是他希望的曙光，依附的棟梁。如今一聲霹靂，就什麼都沒了，全世界都黑了。他的良心像嚴明的法官，在審判他、懲罰他，他的心裡隱約知道自己罪無可赦，時候到了。他的心被凌遲著，在滴血。他的痛苦無處宣洩。也許是大痛無聲，大悲無淚吧，他只有靜悄悄地走向死亡。

他太太隨後也跟著跑出去，越過田野，翻過小山，雨和汗和淚在她的臉上匯流在一起，融合成一片。當她跑到一條河邊時，她愣住了，激流的河水告訴她一切努力都是徒勞了。她傻傻的瞪著，空空茫茫的瞪著；河水潺潺，細雨濛濛，寒風蕭蕭，她迷惘了。

一週後，王太太趴在一所瘋人院裡的鐵欄杆上向外凝視著，一輛一輛的花車，一列一列的人群，一隊一隊的樂隊，緩緩地通過，花圈和輓聯上都寫著王董事長千古，送殯的人大都是紳士一類人物，極盡哀榮。她看著看著，忽然笑了起來，但是沒有人知道她在笑什麼，為什麼而笑，因為她原本是個瘋子。

民國五十一年十月《文壇》八十八期

飲水思源

一

「喂，你瞧著了沒有？」

計程車在亮著紅燈的十字街口停了下來，小李用胳膊碰碰小周。

小周向窗外掃了一眼，跟平常一樣，除了那麼多的車輛，那麼多的行人，似乎並沒有小李所「提示」的什麼。他轉過頭來：「啥？」

小李向公共汽車候車站嘛嘛嘴：「吝嗇鬼在那兒等公車呢。」

小周的眼光順著嘛嘴的方向望過去，果然看到了吝嗇鬼排在那兒。六月的下午，甩西的太陽仍然有著那種餘威，不然，吝嗇鬼就用不著一再的掏出手帕在擦額角和抹脖子了。

小周搖搖頭：

「名副其實的吝嗇鬼，這傢伙真會刻薄自己，踐踏自己。」

小李冷笑笑：

「他呀，準備把那筆財產帶到棺材裡去啦！」

綠燈亮了，計程車「嗚」的一聲，像隻花豹似的竄了過去，小李和小周在裝有冷氣的車廂裡繼續談論著的，還是吝嗇鬼的故事。

吝嗇鬼的本名叫林適偉，這三個字的諧音很像「吝嗇鬼」，但是主要原因是：他是一家規模頗大的「光啟紡織公司」的董事長。然而，他就是這個樣子，除了上下班坐公司裡的轎車，其他時間或者私人有什麼事情，清一色是公共汽車。至於家中的伙食，凡是到董事長家「打擾」過的高級職員們——尤其是何健飛廠長，回來後第一件事就得下館子，來補償一下那一頓飯中所欠缺的「營養」。因此，「吝嗇鬼」這三個字在公司裡上上下下的就傳開了。

在六〇年代，林適偉將傳統紡織工業，跟著時代同步創新改革，原料改用塑膠顆粒溶解後，，再經假撚成軟絲織布，名為特多龍，而後再經染整，裁縫製作成衣外銷。優點是洗後不用燙，抖一抖，晾一晾，就可以穿了，堅固耐久，成本低廉，風行一時，利潤在十倍以上，供不應求。五年之間，資金由二百多萬元，一躍而成數億之多。廠房不斷擴建，機器與人員不斷增加，聲譽不斷提升。台灣紡織工業大放異彩，林適偉頗有汗馬之功，此乃百喙所不能誣也。

二

林素貞一走進廚房，就詫異地叫了起來。

「喲！今天是什麼日子呀？」

林太太一面做菜，一面說：「今天呀，有位貴賓。」

素貞用目光在廚房裡掃了一圈：

「我想，這位貴賓，不是美國總統，就是阿拉伯的國王，不然，爸爸怎麼會這樣子破費！」

「其實呀，只是他以前一位朋友的兒子。」

素貞的眼睛睜得又大又圓：

「媽，爸的那位朋友您認識嗎？他的那個兒子您見過嗎？一定是非常非常了不起吧？」

林太太把什麼都準備好了，走進客廳，朝沙發裡一坐。素貞也跟了出來，嗓門提高了點：

「媽，您還沒有回答我的話呢。」

林太太抬頭看看壁鐘：「快到了，待會兒你瞧吧。」

能夠使爸爸這樣「揮霍」；光憑這一點，就可以猜到這個人一定不簡單，不論其地位、權勢、財富……肯定是「不同凡響」。

素貞正想著，門鈴響了，她跑去開門。果然是爸爸回來了，身後跟著一位二十多歲傻乎乎的愣小子。素貞伸長了脖頸向他身後望了望，什麼人也沒有。她忍不住的問：

「爸，媽說今天您去接貴賓，人呢？」

林適偉微微一笑：

「吶，這位秦子明先生就是我接的貴賓。」

一陣微風，但怎樣也吹不去凝結在秦子明臉上的那層尷尬與自卑。他不知道林適偉跟家人怎麼說的，竟把自己當成「貴賓」了。

林適偉繼續說：

「這位就是小女素貞。素貞，你就叫秦先生秦大哥吧。」

這位就是「貴賓」？一身土裡土氣的樣子，什麼地方像是「貴賓」？顯然的，素貞的心裡有著一種失望的感覺，或者說是有一種被人戲弄的感覺，而這感覺多多少少的展露在臉上，她掩飾的理一理頭髮：

「秦大哥，您好！」

在這一瞬間，秦子明的情緒有了極大的變化，這變化簡直使他措手不及，不知道應該說些什麼是好了，只是那樣尷尬的點點頭，尷尬的笑笑。

林適偉望望秦子明，又望望素貞，解圍似的說：

「裡面坐，裡面坐。」

進入客廳跟林太太介紹過之後，秦子明在一隻沙發上坐下，一直保持著「正襟危坐」的那個姿勢，使得素貞想起在一部電影裡的那個二楞子，一直想笑又不好意思笑。

林太太瞧著這個年輕人，微笑著說：

「你是從大陸剛出來？」

秦子明欠欠身子：「是的是的。」

「路上吃了不少苦吧？」

「是的是的。」

林太太的臉上一直漾著一層笑容：

「你總算是平平安安的出來了，這真是吉人天相。」

秦子明把身子坐直了些，再努力想使自己輕鬆些，然而，他的努力失敗了，他幾乎是機械的應著：「那裡那裡。」

素貞瞧著聽著，實在憋不住了，趕緊回到自己的房裡，關起房門，讓自己笑個痛快。不過使她一直想不透的，爸爸怎會把這種人當成了「貴賓」！

三

秦子明在林適偉家住了兩個月，就被安置在光啟紡織廠針織組當工人，下班之後，就去金華街淡江大學夜間部工商管理系讀書。工廠距離學校不到兩公里，來回都是安步當車。無論工作與讀書，秦子明都十分勤奮，因此成績進步得很快。

按照工廠的慣例，工人當了一年之後，只要出缺，就可以當領班了。秦子明在針織組一年，正好有個領班應召服役去了，不管從那方面說，領班這個缺都「名正言順」的應該由他來遞補。可是就在這個時候，董事長下了手諭，把秦子明調到假撚組去了。同事們都為這件事議論紛紛，可是秦子明本人卻處之泰然，不獨如此，他反而十分欣喜的說：

「這樣子責任少，學習的機會多，有什麼不好呢？」

有人說：「別傻啊，一個領班的薪水抵得上你兩三個！」

又有人說；「吝嗇鬼所以這樣，還不是為了想省幾文。」

這些閒言閒語對秦子明似乎一點兒也沒有發生作用，他還是幹得那樣起勁，那樣勤奮。

又過了一年，秦子明百分之百的應該當領班了，就是沒有缺，也應該支領領班薪水了，可是董事長的手諭又來了：

「秦子明調剪裁組服務。」

大夥兒都這樣嚷嚷起來：

「天下還有這等事，簡直是存心耍人嘛！」

「老太婆買柿子，盡揀軟的捏。」

秦子明卻還是那幾句老詞兒：

「領班責任大，而我自己又要上學，無法兼顧，因此……」

時間過得很快，秦子明自從到淡江大學夜間部，一晃已經畢業了。在這四年當中，他在工廠裡由針織調到假撚，再由假撚調到剪裁，這樣調來調去，始終是個工人。而他的工作績效與工作精神一直都是名列前茅。他如今大學畢業了，大家都以為董事長準會給他重新調整職務，果不其然，董事長的手諭到了，可是當大夥兒看清楚那張手諭內容後，都幾乎憤怒起來了，原來竟把他調到染整組，仍然是個工人。

「小秦，如今你已經大學畢業了，還怕沒飯吃，乾脆辭掉不幹算啦。」

有人拍著胸口說：

「我負責替你介紹個工作，保準比這兒強多了。」

只有秦子明本人沒有激動，他仍然那樣平靜：

「各位的好意我心領了，不過，我所以能夠完成學業，這完全是董事長所賜，做人不能忘本，因此『光啟紡織廠』縱然要我幹一輩子工人，我也心甘情願。」

星期天，工廠休假，秦子明從一位同學家回來，剛跨進大門，就聽到客廳裡有爭吵的聲音：

「我真不懂，秦大哥那樣不好，您要這樣整人家？」這是素貞的聲音。

「子明沒啥不好，我也沒有整他啊。」林適偉一如往昔。

「那，您怎麼老是不叫人家升級，而是從這裡調到那裡，您不怕人家說話嗎？」

「說話？人家會怎麼說？」

「哼！您還不知道咧，全廠的人都為秦大哥打抱不平。」

「也包括你嗎？」

「不錯。爸爸，難道您真的不覺得那樣太不公平了嗎？」

「最近你見過子明嗎？他自己以為呢？」

「他以為一切很好，而且讓他有更多的學習機會。」

秦子明跟著聲音進入客廳，很禮貌的向林適偉點點頭說：「林伯伯，您早！」

素貞猛的站了起來：

「秦大哥，你說句實話，你難道真的一點兒也不抱怨爸爸？」

「這話一點也聽不懂，林伯伯對我一直親若父子，我還有什麼好抱怨的？」

林適偉好像一下子抓到「理」了，一得意，嗓門兒也提高了些：

「你看吧，你看吧，子明自己願意這樣，能夠怪我嗎？」

四

「光啟紡織廠」裡裡外外，都打掃得整整齊齊，張燈結綵，煥然一新。因為這天不僅是林董事長六十大慶，又是建廠二十週年，這兩件大事併在一起慶祝，就顯得更加熱鬧非凡了。廠內不僅舉行了會餐，還舉辦了擴大同樂會。

有人說：

「這真是個大手筆，『吝嗇鬼』準是吃錯藥啦。」

又有人說：

「『吝嗇鬼』大概是看破紅塵了，不然的話，怎會有此『壯舉』！」

員工們會餐之後，接著在大禮堂舉行的同樂會就開始了。林太太和林素貞也來了，大禮堂裡所有的座位都坐得滿滿的，這真可以用上「盛況空前」這幾個字眼兒了。

在同樂會演出之前，林董事長從容的走到台上，操著一口濃重的鄉音說：

「各位以為今天是本人的小生日，以及本廠建廠二十週年紀念，舉辦會餐和同樂會，以資慶祝。其實，還有項更大的喜事，待會兒我再宣布。」

「更大的喜事？能有什麼更大的喜事呢？」大夥兒都這樣議論著，私語著。

這是個謎，林董事長沒有把謎底一下子現出來，反而把話題給岔開了：

「本廠能夠有今天的成就，完全是在座的各位努力的成績，因此，本人首先要在此由衷的向各位敬致謝意。現在我要宣布的就是本人自明天起就要離開此地，而由一位學有專長的人來接掌這個職務。」

台下所有的人都在交頭接耳，討論著董事長怎麼會突然的不幹了呢？誰都知道「光啟紡織公司」他個人擁有百分之八十以上的股權，他將怎樣處理這筆龐大的資金呢？誰是接掌他職務的人選呢？

林董事長繼續說：

「接我職務的人不是外人，而且大家對他都很熟悉。」

在這一剎間，大夥兒的目光都掃向前排的「首長」席上，尤其是何廠長，大家都猜測著他的成份最大，甚至還有人下了肯定－「非他莫屬」，何廠長也立刻顯得振奮起來，這種意識由內心的活動很快的顯示到表面上了，雖然他極力的壓制著，但是還是讓人一眼就可以看出了。

在這個謎底沒有被打開之前，大家都有一種「迫不及待」的感受，雖然他們也知道不管是張三或者李四來接任董事長，對他們並沒有多大的關係，甚至可以說是毫無關係，但是那種心理卻是那樣的迫切。

林董事長終於打開這個謎底了：「這位就是秦子明秦先生。」

台下的聲浪突然提高了起來，因為這實在是所有的人都沒有想到的。還有人詫異的失聲的叫了起來，一直過了好久，還保持著那種嘴型。

「各位一定感到匪夷所思吧！其實這家公司二十年前在上海時就是秦子明的父親秦老先生創辦的，那時我只不過是個小職員。因為時局很亂，秦老先生著我帶了一部分機器和資金先來台灣，他們要把公司裡的一切業務處理妥當再來。沒有想到最後他們竟然沒有能夠出來。本人運用帶出來的那些資金和機器，經過多方的籌畫，終於把『光啟紡織公司』在台灣重新建立起來。四年前秦老先生的長公子秦子明先生出來了，現在對本廠所有各部門的業務都經歷過，而且瞭若指掌，因此由他來接掌，在本公司來說，真是深慶得人……」

一陣掌聲，把林董事長的聲音都蓋住了。停了一兩分鐘，林董事長越發興奮的接著說：

「秦子明先生在本廠當了四年的工人，他並不因為沒有晉升為怨，當人們為他打抱不平時，他反而心平氣和的說，他所以能夠完成學業，完全歸功於我，並且一再的強調做人不能忘本。『不忘本』的確是做人的基礎，也是我們中華民族最偉大的優良傳統，再說，他不但潛力超強，可樹性更是了得。」

「請新董事長給我們講幾句話。」有人領頭，大夥兒就被帶動起來，一條聲的叫著。其實大家都心知肚明，是想看看「這小子」會靦腆到什麼樣子。

秦子明終於一步一步的走上講台，他已非當年扶不起的阿斗。舉止瀟灑，從容自若，頗有大將之風。他說：

「林伯伯是我這一生的命運由黑白走上彩色的推手，他首先把我派到各單位做基層工作，要我瞭解全盤的作業基礎。另外又用心良苦的安排我進入淡江大學夜間部攻讀工商管理系，使我有了工商行政管理的知識與能力。大夥兒誤以為林伯伯對我很苛刻，其實他對我較之一般有血緣關係的父子情結還要深厚。他是要我能夠建立起自有的標準和尺度，不可眼高手低，正如聖嚴法師所說的『腳跟不踮地』。飲水思源，我洞悉他老人家要我先學會了站得穩，然後再一步一步向前走，不好高鶩遠。林伯伯一直認為『光啟紡織公司』原先是家父在上海創辦的，上海撤退前，由他帶了一部分資金與機器來台，（後來家父因事沒有來台）林伯伯廢寢忘食的把『光啟紡織公司』復業了，並且與時代同步創新，使它快速成長了百倍，我來了，他謹守咱們中華傳統的美德，認為應該交棒與我了，包括所有資產。這不但與情不合，與理也不容。我聽說台灣有些公司為了爭產，父子兄弟甚至對簿公堂，使人產生一種『相煎何太急』的感慨。林伯伯與我也錙銖必較，可是「爭」的是自己少拿一點；我們雙方各執一詞，各不相讓。我想，林伯伯是我的長輩，謙謙君子，德高望重，希望能夠禮讓小侄一下，不至於法庭相見吧！（一陣掌聲）。其次，各位都是我的指導老師，工作的好夥伴，希望以後一本初衷，繼續協助我，不要讓『光啟紡織公司』這塊金字招牌蒙羞。」

秦子明每一句話，都很誠懇，發自肺腑。全場起立，掌聲更大了，歡聲如潮，大家在感動中不斷喝采：「飲水思源萬歲！」

民國六十一年五月一日《新生報》

我是老三

司馬中原兄出版許多「妖魔鬼怪」的專集，以及在電視上主持的《鄉野奇談》。寫的說的，無一不是「鬼話連篇」，光怪陸離。姑且不論真假，他所營造出的氛圍，黃泉路旁，奈河橋邊，閻王殿前，鬼魅祟祟，陰風逼人，令人不寒而慄。他就有這種本事，因此被貼上「會說鬼故事」的標籤。

其實，司馬寫的說的那些「鬼故事」，並不是以「嚇人聽聞」或「博人一笑」為樂。他的「鬼故事」大多是以荒誕的傳說和人性的配合來探討並顯示原始的靈異，期盼世人棄惡為善，也是東方哲學的根源。這些那些，並非只是智慧的優越，更是很多很多功夫的累積，值得玩味。

以司馬被貼上標籤來說，是「以偏概全」之論，有點委屈他了。他的著作是多面性的；有歷史經緯的常道與禮法、有東方文化的道統與傳承、有中華民族的氣魄與正義、有各地山水文物的風雅與灑脫、有塞外大野的沙塵與風貌……其中有他個人的風格與氣質，大筆一揮，天地生春，令人「睛」艷。他的作品無不洛陽紙貴，引起文壇喧闐盈溢，豎立起東方文學的權威。

我寫的這篇，不是談鬼說怪，而是狐仙的故事，是我身歷其境的「夫子自道」。若與司馬兄混為一談，豈不魚目混珠，自抬身價。

我家是在江蘇泗陽的洪澤湖邊，那兒沒有水沒有電，一個月不下雨就鬧旱災，雨一多就鬧水災。所有的路都是泥巴地，是個名副其實的落後地區。

我們那兒人民知識很低，除了供奉祖宗牌位，很多人家還供有大仙（狐仙）牌位。因此對於狐仙的傳說層出不窮，家喻戶曉，多得沒有人把它當做回事兒了。在當時，如果有人說「我不相信那些」，就跟現下有人說「我很相信那些」一樣的會被人認為是胡說八道。

十四歲那年，我與兩個同村子同學——二虎子與小和尚，一起在黃家圩讀小學六年級。那所小學離我們的村子約有四華里路程，我們是早出晚歸，中午一頓飯是在黃圩街上的蕎禿子飯館裡包伙的。頭幾天，就盛傳有大批的狐仙由湖西（洪澤湖）乘船過來了。「有個老頭兒租了三隻兩條桅的大船，說是要裝東西，談妥付了錢後，」大夥兒都睜眼活現的這樣傳說著：「船靠岸有兩頓飯工夫，沒見人沒見貨，就直見船幫子吃水越吃越深，明明看是空船，可是卻像滿載似的。撐船的人心裡雖然很滴咕，但也不敢聲張，待那老頭兒吩咐後，就開船了。到了黃家碼頭靠了岸，眼見船幫子越來越高，也就是兩頓飯工夫吧，船又像卸清載似的了。那老頭兒給了十塊現大洋，三條船分帳時，一不小心有一塊掉到水裡，吠，竟然漂在水面上。」

這種傳說越來越多，我不知道二虎子跟小和尚的想法怎樣，在當時的我，是一點兒也不相信的。因為那跟書本上讀的，老師們講的，都是水火不容，背道而馳。我的腦子只有一個，而且容量有限；它既然裝進了現代的科學，自然而然的，就推出了古代的迷信了。我也跟任何一個稍稍受了現代知識影響的人一樣，一口咬定了那是迷信的，愚昧的，荒謬的。我的想法是：在這樣從古遠一直持續到今天的迷信中，其迷信的本身已經有了不可思議的實力，而況且，人們又大都有個喜歡誇張的本性，推波助瀾，加之先天的已經有了根深蒂固的觀念，以及先入為主的意識，於是風吹草動，莫不以為是妖魔鬼怪了。如果分析起來，真正的妖魔鬼怪，不是這些，也不是那些，而是他們自已有問題的腦子，被麻木了的意識。而他們的腦子，像個精靈似的會主動的編造一些看似無懈可擊的謊言來滿足人們的本性。於是，迷信便在這樣傳統的廢墟上紮了根了。在我那樣稚氣未脫的年齡中，我雖然能夠想到那些，但我卻無能找出理由或者科學根據來駁倒那些傳說，推翻那些迷信。不過只要他們跟我一提到這層事，我就搖頭擺手的笑他們書全唸到狗肚子裡去了。就彷彿一唸了書，一有了「學問」，就不作興再談論這些事似的。

約摸過了三四天，我們在上學的路上，忽然發現了一項奇跡，就是那條路上排滿了密密麻麻的爪印子，路有多寬，爪印子就排有多寬，因為是塘灰地，印子特別清楚。到了三叉路口，我們分頭每條路都去察看一番；看看這些爪印子的去向。嘿，這三條路上都有，而且也都是路有多寬，印子就有多寬，也同樣是密密麻麻的！要是以隻數算，要沒有上萬隻才怪，這是從來不曾有過的現象。究竟是什麼呢？我們都說不出，答不上。

到了學校，我們本想向大家報告這個「頭條新聞」的，誰知同學們都已三五成群，在談論這層事了，原來所有的路上都有這種景象。據說這些就是前天由那三隻大船從湖西運過來的；牠們有時能變成人形，但大部份因為道行不足，全身是毛，所以就稱為毛人子。我再也不敢抱著「你們姑且言之，我就姑且聽之」的態度了。大夥兒胡亂猜測，歸根結底，仍然百思不解。我跟二虎子與小和尚三人一商議，便到鐵匠鋪每人買了把開了口的小刀子，我們的想法是：要是在途中真的碰上了，也好和牠們拚上一陣子。

又過了兩天，傳說又來了，這可就熱哄啦：

「前天黃圩街鬧毛人子，傍晚時分，毛人子往大金牙家裡大模大樣的直闖，那時正好有幾個年輕力壯的小伙子在門口聊天，大金牙一聲吆喝，人多勢壯，各人都順手摸了個傢伙——扁擔、磨拐子、木叉什麼的，一擁而上，不由分說，便向毛人子圍攻起來。大金牙明明記得打了毛人子的脊樑背一扁擔，結果三咵子兩手摀著脊樑背喊親娘……就這樣，神差鬼使的你打我、我打你，真是大水沖了龍王廟，一家人不認一家人了。打到最後，幾個人都被打得傷痕累累，鼻塌嘴歪，面目皆非了。至於真正的毛人子卻早已不知去向，一下也沒挨著。」

二天又有人說：

「街頭那家油條店的二拐子，昨晚看到毛人子闖向他老婆房裡，他想不能打，一打就會打著自家人了。於是他便輕手輕腳的到了毛人子身後，出其不備的一把勒住毛人子的脖頸，死也不放！他想：非要等到天亮，日頭出來了，看看牠到底是什麼東西變的？毛人子也掙扎過一陣子，二拐子腿雖拐，可是手勁卻不小，總算沒有給牠掙脫掉。二拐子也就有那份能耐，那股勁兒，連眼也沒有閉一下的一直熬到天亮，扳過來一看，我的天！二拐子手裡勒的那裡是什麼毛人子？竟是自己兩歲大的獨生子小大柱兒！孩子給他勒得早已斷了氣，涼了屍，舌頭突出好長！你看它媽的絕不絕?!」

還有人說：

「你說這種東西見不得火嗎？南王莊家家戶戶的門口都點了根火繩（註一）牠們不但不怕，而且一會兒給你弄熄了，一會兒又給你點著，你說邪門不邪門?!」

我這時聽了那些傳說，要說是不怕，那是騙人的。不過怕歸怕，不信歸不信。原因是：左右團轉鬧得那麼兇，那麼熱哄，怎麼我就沒有碰上過呢？在我那小小的腦袋中，雖然無法運用科學來推翻陳腐的迷信。但對於一切都不談理論，不講傳統，不論信仰，而求的是「事實」。這就是說，一切都抱著「拿證據來」的態度。這正如羅素對宗教信仰的態度一樣，他說：「有證據的時候，就沒有人說『信仰』了。我們從不說：我們信仰二加二等於四。」因此，那些「傳說」，不管他說的如何生動，如何真切，我還是不相信。

我家在地方上是個首屈一指的大地主，父親在我家右手蓋了三間房子辦了個冬學，（註二）學生總共不到二十人，書籍雜項一律免費，教員有兩位；一位是三瘸腿，住在我們村子後面一里多路，獨家獨戶的三間房子，所謂三間，只是用兩塊舊布隔開的。姓什麼叫什麼我已記不清了。另一位我是怎麼也不會忘記的，因為我自小就喜歡看京戲和聽故事，而這位仁兄的大名跟「西廂記」裡的小生竟一字不差——張珙。在教室的左邊隔了一間，就是他們的宿舍。兩人輪流住。到了夜晚，這間教室就成了更房，由幾名村子裡壯漢臨時在地上鋪了地舖，有時出來在村子裡外走動一番，負著打更守夜的任務。

這天上午，三瘸腿來我家比手劃腳的說：「昨天夜裡，張先生不在，約摸三更時辰，我的房門原是閂上的，祇聽到呼啦一陣風，我的房門就開了。我格楞坐了起來，粗聲大氣的說：『你是鬼是人？為何深更半夜的到這裡來？』果然有個聲音回答：『我不是鬼也不是人，是大仙！』我頓時祇感到頭皮一麻，脊樑一涼，混身一顫，但我仍然壯著膽子又問：『你來是做什麼呢？』牠說：『看你的老婆在不在這裡。』我又問：『她在這裡又怎樣？』牠說：『我就打死她。』我不得不哀求了：『你為什麼要打死她呢？我們家窮，是討不起老婆的呀！』『她壞！』說完，就聽到呼啦一陣風，門又自動的關上了。天亮之後，我趕緊回家一看，啊，我的老婆哪還像人？渾身上下，一塊青一塊紫的，臉上也是鼻青眼腫的不成人形了。據我老婆說：被打的時候什麼也看不見，只有一雙手臂憑空而來的。」

這件事在我們的村子裡爆開了，三瘸腿的老婆頓時成了新聞人物。三瘸腿的家更是川流不息，彷彿一下成了「觀光勝地」。

「哎喲喲，那女人這下算是碰上了啦！」有人這樣說：「那女人真是頭頂上生瘡，腳底下流膿——壞透了。平常是它媽的磕一個頭放三個屁——行善沒有作孽多。香頭奶奶（註三），香頭奶奶有卵用？大仙最討厭的就是這個。這叫做活報應呀！」

我很早熟——無論在體型或思想上，那時我雖只十四歲，我已不承認自己是個小孩，但也不能自稱為大人，我的想法很矛盾。而這些日來的傳說在我的腦子裡也很矛盾；我一方面不相信，因為它既無科學根據，而且僅限於我從不肯輕易相信的「傳說」。但另一方面我也有點擔心，萬一自己碰上了怎辦？

那時我還有兩種矛盾心理；第一、晚上我不敢一個人獨處，因為我知道自己力氣不夠大，如果真的碰著了毛人子，是難以應付的。但我也不敢在人多的地方，原因是我又怕挨揍，因為人家都是那樣說的；遇到和毛人子打了起來，結果就變成自己人打自己人了。尤其是我家左右的幾個年輕力壯的小伙子，一個個都是彪形大漢，孔武有力，不管是挨了一刀還是一棒，都會叫你哭都找不著調門兒咧。第二、我一方面不希望真的會碰上這種事——這究竟不是一種有趣的遊戲，其本身就有著濃厚的恐怖色彩。但另一方面我又似乎時刻都在盼望著，盼望著能夠一睹實際情況，並且幻想著在這種緊張而富有刺激性的「實際情況」中如何的奮而脫險。賭博、打獵，以及探險之所以引人入勝，大概也就是由於這種心理——由好奇、好強及滿足於自尊的動機，代替安閑的庸碌緣故吧？還有一點，如果真的碰上了，這樣一來，也好找出了一個答案，那就是：以前我所認為的迷信不再是迷信，而是「事實」了。

這些矛盾的思想在我的潛意識中不斷的萌芽、茁壯、成長、擴展，我無法解釋，無法分析，也無法歸納，於是一連串由矛盾而演變成的假想構成了一個個不同的夢境。在睡夢中，我時常處身於白天所假想的實際裡；有時，我是英雄式的勝利了，成了劃時代的尖兵，高興非凡；有時我又身陷絕境，呼救無聲，欲逃無力。這些夢雖然不是真實，但在夢中卻像是真實一般，而所得的效果也是那樣的。因此，在這些日子中，表面上外面所傳說的毛人子事件雖然沒有波及到我，但實際裡牠早已困擾得使我坐臥不安，晝夜不寧了。光是一個勁兒的搖頭大喊的說是「我不相信，我不害怕」行麼？比如塘灰路上的爪印子，三咵子背上長了個大疱，大金牙的小腿肚轉了筋走動不得，傻大個兒的腰痛得直不起身來，趙二拐子勒死了獨生子小大柱兒，三瘸腿的老婆繼續被毆打著……這些那些，都是活生生的事實呀，有證有據，祇是「傳說」而已？

一天夜裡，約摸二更時分，我一覺醒來，聽到院子裡有人喳喳呼呼的，起身一看，大管家正在忙這忙那的，原來是我家那匹老馬生產了；生了一隻棗紅色小駒兒，我看了一陣子，心裡一高興，睡意全消。那天是十一月十幾我不知道，光記得月亮很圓很亮，像個剛擦過的鏡子，一個意念閃入我的腦際——捉弄他們一下。於是我就走出大門，站在我們家的高宅子上，居高臨下，抓了幾把泥土灑到白天是冬學教室夜晚是更房的屋子裡，我聽到打更的人嘰嘰喳喳的不知說些什麼。我又從那棵歪曲的老樹上爬進院中，伏在窗口底下，又灑進幾把泥土，於是，裡面的講話我全聽著了。王二楞子在說：

「乖乖，毛人子來了咧！」

徐大架子的聲音：

「二楞子哎，你跟那支鎗餵上頂膛火，出去看看。」

「你說的比唱的好聽，你叫我去，你自己怎麼不去呢？」王二楞子大概吃了什麼仙丹靈藥，突然變得機靈起來，一點也不楞了：「你的命是父母生的，難道我的命是它媽石頭縫裡蹦出來的麼？你說我有支鎗，你手裡拿的不是鎗是它娘的哭喪棒呀？」

於是，大夥兒開始小聲的談論起來，但都沒有人敢出來張望一下，光是張飛捉耗子——大眼瞪小眼。我暗自好笑不已，不久我就悄然回到家中，安然入睡。

張珙只大我六歲，平常與我很投機。次日一早，他就來我家將我推醒，一臉都是發生了「重大事件」似的向我講述著夜間所發生的毛人子經過。「……有幾個膽大的人還能知道自己姓什麼，像周二甩子和小砍頭就給嚇破了膽。周二甩子把褲子當成尿盆，尿了一褲子。小砍頭的兩條腿像是醃過的黃瓜，軟答答的，到現在還站不起來吶！」他講得眉飛色舞，活靈活現，不知是為了要引起我的注意與興趣，抑或是人類先天性的誇張本能？總之，他除了那種「實際狀況」之外，又加油添醬了一番。我呢？大有一種「世人皆醉我獨醒」的感覺，雖然覺得非常好笑，但還是瞪著眼歪著頭，裝出聽得很認真出神的樣子。聽完之後，我忍著笑問：

「真的麼？」

「假得了？事實是根據，根據是事實。」他不知什麼時候學會了咬文嚼字起來。「別人迷信這些，迷信那些，我們都是讀書的人咧，要不是『身歷其境』的，別人就是說爛了舌頭我也不會相信的呀。」

我們那兒雖然沒有報紙，沒有廣播，但我們村子裡鬧毛人子的事不到一天，就一傳十、十傳百的傳開了。大概在傳說中加的油添的醋也愈來愈多，以致後來有些親友從老遠的地方前來慰問，前來探望。我想：各地所謂毛人子云云，就是如此這般捕風捉影而來的吧？這又使我想起曾經讀過的一篇國文，叫做「雁毛的故事」。大意說是有一個人一口痰吐在一根雁毛上，這個人便疑心自己吐了雁毛，他把這回事告訴了家人，家人便跟別人說他吐了許多雁毛，別人再一傳，就變成××人吐出一隻雁，再以後，很多人都知道××人吐出很多隻雁來了，弄得很遠很遠的人都趕來看看這個驚人的奇聞。大夥兒找到了這家，找到了那個「吐雁的人」，而他自已反而被弄得莫名其妙了。看來這些毛人子的傳說，正是「雁毛的故事」的翻版，而這類故事也只有在文化落後、思想閉塞、人民魯鈍的地方才得存在。……在這樣的環境久了，將來任何人都可能會變成是非不明，真假不分咧。

但是，三瘸腿的老婆每夜仍然繼續挨打，傷痕累累，這又叫人怎麼解釋呢？

三瘸腿家在我家後約一里多路，是孤單單的一家，孤單單的三間房子，沒庭沒院。這晚男男女女老老少少有幾十口，還有從好幾里開外的人都來了，目的只是好奇，看看究竟是虛是實，是真是假。張珙跑來約我，於是我也就去了。由三瘸腿、張珙與我三人帶頭，後面跟著大隊人馬。在鄉下，晚上九點鐘以後，家家都關門閉戶路上少有行人了，如此結夥而行，浩浩蕩蕩，倒像是迎神赴會或者打家劫舍的一群好漢似的。

頭頂上的烏雲一大團一大團像是被風趕著跑得飛快的張牙舞爪的妖魔鬼怪。幾隻狗在村頭上狂吠著。一些被尖風剝得赤條條的枝椏，像鬼魂似的落在人們的眼睛裡，使人眼前產生出一種浮流的、游移的、幻變的形象；連那片斷的晴空也藍得有點古怪、有點虛幻……那些傳說在腦子裡打旋。一向不信這些那些的我，這時也不敢再拍著胸膛口逞強了。

到了三瘸腿家，屋裡屋外，全都是人，交頭接耳的巴望著快點兒發生點「情況」也好不虛此行。但始終不見有什麼動靜，有的人不耐了，便悄悄的提議說：

「這樣太亂了，我看是請小老闆和張老師到屋裡做代表和牠們講話，其餘的人統統到屋外去，祇准聽，不准出聲。」

這項提議馬上就通過了。在這夥人當中，論年齡，我最小，論地位，我卻是這幾十里方圓之內的小主人，眾人要我與張老師進屋做代表，這是種抬舉，凡事都得請主人和有學問的人在前，這也可說是種不成文的規矩，其中絲毫沒有惡意。此刻莫說我心中本來就不相信迷信，縱然是相信，甚至明知就是刀山火海，龍潭虎穴，在這當口，我也得「從容就義」了。不然，讓眾人不會說我這個小主人貪生怕死，畏頭縮尾，虛有其表麼？我扯扯張珙說：「走，我們去。」不知是給嚇的，也不知是給凍的，我竟混身發抖，連話也說不清爽了。這時的張珙也跟我差不了好多，像是被綁赴刑場正法似的，一臉都是可憐兮兮的樣兒。因為他的名字叫張珙，我忽然想起紅娘唱的一段唱詞：「叫張生，你躲在棋盤之下；我步步走來你步步爬。放大膽忍氣吞聲莫害怕，好一似親生子跟隨著親媽……」我雖沒唱出來，但因心情一輕鬆，膽子便壯了起來，於是我拉著他膀子，就顯出一副「泰山崩於前而色不變」的氣概了。

我們相偕走進屋內，驅逐了擠在屋裡的人，將門帶上，然後落坐。此刻已交二更天，月光昏暗不明，屋外雖然有很多人，但卻鴉雀無聲，冷風從窗口風飄進，窗外一些光禿禿的枯枝在寒風中搖著盪著，猙猙獰獰的一副兇相，越發顯得陰森可怖，我不自覺的打了個寒戰。但當我想到屋前屋後都是人，有甚可怕的？於是我又膽壯起來了。

房子裡兩頭有兩張單人竹床，中間有張方桌，兩條板凳，和一些雜七八拉的鍋碗瓢盆等用具。

我和張珙走進屋裡後，就在右手靠著墻壁的一張竹床上坐下。

張珙拿出和平大使協商代表的身分，向著黑夜裡自言自語起來。等了一刻，沒有反應，他又說：

「你們為什麼打人呢？你們不知道打人是不好的麼？這是你呀，要是換了別人，就算是違法咧——這個名詞你懂麼？」

我給他逗的險些笑出聲來，於是也幫腔說：

「如果你要怎樣，儘管提出來，大家商議商議，有話好說，打人總不能解決問題呀。是吧？」

「…………」

我們兩人這樣一唱一和著，像是在說對口相聲似的。一直磨蹭了老半天，還是沒有一點聲息，沒有一點反應。

「我們是誠心誠意來跟你協商，不，不，是來跟你請教的啊，如果你老是不作聲，我們怎麼如道你的心意呢？」張珙像「說鬼話」似的哀求著：「祇要是你提出的問題，提出的條件，我們一定遵辦。」

我又接口說：

「你們千萬不能亂來，不能打人啊。這是我們這個社會的傳統，也可以說是規矩。凡是沒有規矩，就不成方圓。你們呢？你們不是這樣的麼？」

忽然，我們對面的墻旮旯裡有個聲音在回答了，那聲音正如三瘸腿所說的那樣——牙牙學語的童音：

「她壞！」

這三間屋子裡除了三瘸腿的老婆、張珙與我之外，是再沒有一個人了。張珙與我共坐在一張竹床上，三瘸腿的老婆坐在我們對面十來步遠的竹牀上，而這聲音分明是來自她的背後。我朝那個發出聲音的地方望過去，因為房子裡沒有間隔，「那塊舊布也被拉開了」。藉著昏暗的月光，仍然可以一目了然。我看得清清楚楚，什麼也沒有。我的眼睛有點發直了，我發覺坐在我身旁的張珙也有點抖抖索索起來。

冷場了幾分鐘之後，張珙的聲音也有點走了腔了：

「那麼你要將她怎樣呢？」

「打死她！」

由於牠講話的音調稚弱無力，我又不怎麼怕了。於是我說：

「你們的目的衹是為了這個麼？」

她回答我說：

「不，我們要找房子住。」

我說：

「這樣好了；他們一共是三間房子，騰出一半讓你們好麼？」

「不夠。」

「不夠可以到別的地方再去找呀——你們究竟有多少呢？」

「有千千萬！」

張珙忽然異想天開的說：

「你如果不嫌棄我們，我們結拜個兄弟好不好？」

「好呀。」

我的膽子也越來越大：

「結拜兄弟要磕頭的，你出來呀，我們一起磕頭。」

「不，不用」她的聲音很輕微。

張珙提出了問題：

「那麼誰是老大呢？」

「我。」

「不，」張珙說：「應該是我。」

「你不配。」

張珙說：

「誰是老二呢？」

「你。」

「你知道我有多大歲數？」

「二十歲。」

我說：

「我應該是老三嘍？」

「嗯。」

「你知道我的年齡麼？」

「十四。」

後來又閑雜的談了些什麼，我已不復記憶了。不過我祇記得我們這次的談判並沒有成功。我與張珙一走出來，就被那些新聞記者似的聽眾包圍起來了，雖然我們在屋裡的談話他們都聽得清清楚楚，但還是爭著問這問那，問長問短。第二天，我們與大仙拜把兄弟的事很快的傳遍了附近很多個村子。父親的想法更妙，他說：「你既然跟大仙結拜弟兄了，何不跟他要點仙丹？」於是當天晚上，我又約張珙去了，結果牠們並沒有與我們答話，我猜想牠們一定是知道我們的來意了。

以後鬧毛人子的事件非但仍然層出不窮，而且越發嚴重起來，被傷害生命的不斷的增加，如小神仙王七老爺、鬼見愁王傑：以及倪家壩的小白臉倪二……這對人們來說，的確是極大的威脅——連還手也不能，一還手就打著自己人了。那些湖北條、漢陽造，獨子拐、老套筒等等，在這當口，也都派不上用場了。唯一平安無事的只有我們的那個村子，也許就是因為我們與牠們有了結拜之情吧？我想。

第三天傍晚，我到了冬校張珙的房間，坐下一開頭就問：

「科學與迷信，你相信哪個？」

「我相信有邏輯、有系統、有見證的科學。」他跟著又話鋒一轉：「有些是有目共睹的事實——比如大仙，又使我不敢不相信所謂的『迷信』了。」

「那你怕不怕？」

「不怕。」他斬釘截鐵的說。

「我也不怕。」我忽然想出一個「點子」：「聽說大仙喜歡吃雞蛋，我回家拿點來，外帶一瓶高粱，回來炒一盤，其他生的擺在一旁，邀請大仙前來聚餐好不好？」

「牠如果真的來了，我們一面喝酒，一面閒聊，以後我們可以經常請牠來，一定會增加很多見識。」

「好，我現在就回去拿，你去找點麥稭回來生火。」

我回家拿了十幾個雞蛋，一瓶高粱，和一些油鹽，我回來時，張珙已升好了火，馬上炒了四個蛋，放到盤子裡，斟了三杯高粱，我和張珙對坐，中間首位空著，是給大仙坐的。我斟滿了三杯酒，我們同時舉杯，張珙口中唸唸有詞：

「老大，我們有緣，結拜兄弟，若蒙不棄，請閣下飲幾杯。」

無聲無息，我接著說：

「老大，我們先乾為敬。」

張珙與我同時一飲而盡，他還亮亮杯底：

「有酒當歌，人生幾何……」

我們輪流發言，你一句我一語，好似大仙真的與我們同席對飲。我們把蛋吃完了，酒也略有醉意，仍然沒有絲毫訊息。

次日傍晚，我們又去了三瘸腿家，仍然有許多觀眾隨行，我與張珙進屋後，又說了半天「鬼話」，沒有回音，敗興而返。不過，從此三瘸腿的太太不再挨打了。

鬧毛人子的事件仍然時有所聞，風風雨雨。惟獨我們那個村莊一直國泰民安。這是否張珙與我的功勞，就不敢邀功了。

我們家鄉雖然落後，雖然貧困，少說也有一半人家供有大仙牌位，每逢初一、十五，都要拜拜，從未有人質疑。

至於那年冬校鬧毛人子把戲，是我一個人在幕後「導演」的，始作俑者，豈無後乎？不過，三瘸腿的老婆被打得鼻青臉腫，遍體鱗傷。再說大金牙一夥人被打的傷痕累累，二拐子勒子死了自己的兒小大柱兒。還有，那四面八方，條條大路上，都是密密麻麻的爪印子，……這些那些，都是有目共睹的事實呀，假得了？

還有件事值得一提，就是我們的鄉長聽說我們家也常有大仙的事，只是大家一直和平相處，他不相信。要求我們准他在我們家槍樓上借住兩宿，我們答應了。次日他就搬了張竹床在樓上鋪好了，他還帶了枝手槍放在枕頭旁邊。睡到半夜，忽然聽到樓梯聲，他立即取出手槍。不久，有位白鬍子老頭上來了，他立即向他開了一槍，老人就沒有了。而後才知道，那一槍將他自己的腿上打了個洞。「瘸腿鄉長」的名稱，就是這樣來的。

這些都是七十多年前的一段奇談，在科學發達的今天，再來舊事重提，似乎不合時宜。儘管我還正正經經把它當著「正事」在作，你會相信嗎？不會相信嗎？

註一：玉蜀黍的鬚子搓成的，專為點火抽煙之用。
註二：每逢冬天收成完了，農人家的孩子藉這個空閑時上學認識幾個字，到了開春就結束，謂之冬學。
註三：替人家畫符驅邪的謂香頭。

愛情　愛情

一

「老伯您好。」我傻不里幾的楞了好久，才又想起什麼似的，立正彎腰一鞠躬。

「嗯。」黃老伯像醫生研究病人病情似的望了我老半天，望得我渾身不自在，有一種鼻子眼睛長錯了位置的感覺。然後點點頭：「坐，隨便坐。」

我在一隻雙人沙發上坐了下來，面對著這位老人，我的一顆原就有點緊張的心越發狂跳不已。

心怡不知是有心還是無意，她在我的身旁坐下：跟我挨近了些，又挨近了些。她一面有腔有調的哼著「萬達娜美拉」，一面用手在椅把上輕輕地打著拍子。這樣一來，氣氛不再像先前那樣呆滯了。我伸伸腿，直直腰，膽子似乎也壯了不少。

黃老伯喝了口茶，皺皺眉，好像喝的不是茶，而是一杯苦得不能再苦的中藥。然後把手中的杯子轉著，再然後便開始「審」我了。

「你要跟心怡訂婚？」巷子裡扛木頭，直來直往，連一點彎兒都沒有轉，頭一句就是這樣開門見山的：「你愛她嗎？」

「是的。」我心裡想：這不是廢話！

「愛到什麼程度？」

「我可以為她而生，可以為她而死！」

「好，好得像一首詩。」他眼光中透出一種嘲笑意味。他換了個姿勢，把身子坐得舒服些。「能舉點具體一點的事實嗎？」

我也把姿勢調整一下。

「比如說，我為她放棄了留美。」

「嗯。」

「比如說，我為她放棄了哈佛大學的獎學金。」

「嗯。」不知道他是對我特意「做」出來的，還是生來就是那樣，臉子老是拉得好長好長。

空氣又在一點一點的凝結了。三角架上那隻貓頭鷹式的檯鐘居高臨下的坐在那兒，那雙眼珠子朝我望一下，又朝黃老伯望一下，始終繃著臉，要笑不笑的，使人一下子就會聯想到瓦崗寨上的李奎。

心怡扯扯我，輕輕地說：

「爸在跟你說話呢。」

「我在問你。」黃老伯把聲音提高了些，大概是這句話他已經說過一遍了：「你愛她究竟是愛她的什麼呢？」

「愛她的一切。」我趕忙誠誠懇懇的說：「愛她的優點，也愛她的缺點。」

「她的優點是什麼？」他睜著一雙法官似的眼睛，一句跟一句的問著。

「她很賢慧，很美麗，真正是所謂『秀外慧中』。」

「缺點呢？」

「缺點？」我重複了一句：「到現在為止，我還沒有發現到她的缺點。也許，她的一切在我看來都是優點。也許，這就是『情人眼裡出——貂蟬』吧。」一緊張，我竟把「西施」換成「貂蟬」了，逗得心怡大笑不已，黃老伯也把嘴裂一裂。我，就越發尷尬得不知道怎樣是好了。

「假如有一天，你發現了她的缺點呢？」

「一樣，」我有點激動的說：「老怕，您不會瞭解我們之間的愛情有多深，有多牢！請您放心好了，就是我將來發現她一身都是缺點，那也絕不會影響到我們的愛情——我還是一樣的愛她。」

「你說我不瞭解愛情？」他哈哈的笑了起來：「我也是從你們這個年齡過來的啊，你們的一切，我會不瞭解麼？」

我發愣著。

他拿出一支雪茄，心怡馬上起身給他點上火，悄悄的說：

「口試完了吧？」

「好，」他噴出一口煙，點點頭：「你們去談談吧。」

「我們可以先訂婚麼？」心怡的聲音很低，很柔。

「不必。」他說：「你們既然有了真正的愛情，又何必急於要那種形式呢？」

「那——」心怡還想說什麼，一時又找不著適當的字眼，急得光是搓手。

「愛情像金子，時間就是火，」老頭子的大道理又來了：「金子成色的好壞，一經過時間的火的考驗，就完全知道了。這是最科學的，也是最合埋的。」

「明嵩對我的確是用不著考驗了，上帝可以作證。」心怡這句話說的對極了。

「上帝對人類傷心都快傷死了，這麼多的人成天都在做著使祂傷心的事！」想不到老頭子也會幽上一默：「祂那裡還有那種閒情逸致來跟你們作證啊。」

我正想向他辯白，向他解釋，心怡側著臉跟我擠擠眼，一面向她父親討好的說：

「爸爸，您該休息會兒了，下午您不是約了張伯伯下棋的嗎？我看您呀，準輸！」

「誰說的？」老頭子顯得眉飛色舞起來：「前次我不是使他的老將推了半天磨！」

二

「聽老伯的口氣，我們的計畫恐怕吹了！」我微喟著。

心怡胸有成竹的搖搖頭。

「不要緊，我有辦法。」

我把她的手握緊些，又緊些。

「什麼辦法？」

「我跟媽說——只要扯上媽的旗號，就好辦了，爸對她可說是百依百順的。」

「你怎麼不早說呢？」

「你怎知道我沒有說？」她的眼珠子朝我一横，但馬上又細聲細語的說：「還沒有說服嘛，不過我相信我有把握。」

「伯母呢？怎麼我從沒有見到她？」

「她的腿是殘廢，很少見人。」

「哦——」我說：「是什麼時候開始的？」

「在跟爸認識之後，結婚之前。一次車禍給她帶來了終生不幸。」

「他們的感情好嗎？」

「不但很好，而且好到沒有人能夠和他們相比的程度。」她說：「爸爸是個很懂得愛情的人，而且也是個愛情最專的人。」

「我們看電影去好不好？大世界上演的『愛情、愛情』，聽說不錯。」

「恕不得他對我們也要嚴加考驗了。」

「太俗了點吧。」

「如果只用『愛情』是很俗氣，可是它用『愛情、愛情』重複的片名，這就有『暗藏玄機』的懸疑。」

「對，我們去看看『底牌』，看看作者『大智若愚』的高明之處。以及——」

「以及什麼？」

我壓低聲音：

「看看這部片子裡有沒有一個像你父親那樣的老頑固。」

「嗯？」她的兩眼直瞪著我：「你認為我的父親怎樣？」

「很好，」我哈哈一笑：「如果不太固執的話，就更好了。」

「你能像父親那樣嗎？」

「哪樣？」我一下子把臉拉長了：「這樣？」

她撒嬌的捏了我一下。

「你說瞭解愛情，能解釋一下？」

「愛情是無休止的奉獻、付出、無為。愚見及格否？」

「滿分，滿分，滿分！」心怡笑得天地生春。接著又問：「天地之間果真有這樣純純的愛麼？」

「有。」我肯定的說：「有你，有我，就是見證。」

「你真的會麼？」

「會的，」我在她的頰上吻了一下，沒有人在跟前時，我馬上就很瀟灑了。「會更好些。」

在路上，我不放心的問：

「你真的有把握嗎？——關於說服伯母的事。」

「我想沒有多大問題。」

「萬一不成功呢？」我說：「伯父好像存心挑剔。」

「不會的。」她給我打了個比喻：「你應該知道，我們買東西時，如果嘴裡對那樣物品很讚賞，並不意味著成交的希望很大；反之，當買主對那件物品批評這樣批評那樣的時候，成交的希望可能就很大了。你說是嗎？」

「理論上是這樣的；挑剔的是買主。」我仍然追根究底的說：「我是說『萬一』。」

「我就終生不嫁。」

「對，我就終生不娶。我們要讓世界上所有的人歌頌我們的愛情，讚美我們的愛情！」

「萬一有一天，我也跟母親一樣——成了個殘廢呢？」

「不會的。」

「我是說『萬一』。」她也學著我的口吻，特意把「萬一」兩個字說得重些。

「轟隆」一聲響雷與那道金蛇般的閃電同時併發，嚇的心怡像雛雞似的撲向我懷中。一瞬間，暴雨以雷霆萬鈞之勢，傾盆而下，我們被阻在一家走廊下。等到天氣轉晴時，我看看錶，電影時間已經過了。

心怡苦著臉說：

「我們看不到『愛情、愛情』了。」

我笑著說：

「我們已經在享受『愛情、愛情』吶。」

她也笑了，笑聲像珠落玉盤似的，入耳中聽。

三

我的思想逐漸縮小，縮小到僅能容納心怡的影子了。我是那樣那樣的想念她，我對她的愛情，有如山之高，海之深。我自信羅蜜歐或者梁山伯也絕不會比我強到那兒去。我一向就是「生命誠可貴，愛情價更高」的擁護者。這樣的愛情，那老頭子還不推心，難道還要我真的破肚挖心的讓他看個清楚不成？如果他真要我如此，我也會毫不考慮的拿出日本那種武士道的精神，來證實我對心怡的真情。

為什麼世界上有那麼多真真實實的愛情，都要遭受到不可思議的阻擾呢？不知有多少原本屬於喜劇的人生，都被那些自作聰明的老頑固們導演成一幕悲劇。等到悲劇業已發生，他們也會付出極大的悲哀，來追悼受難者的犧牲和對自己愚蠢的譴責。但在悲劇形成之前，不管對方怎樣的哀告，如何的求情，他們卻固執得如同一座泰山，絲毫不為所動。難道這也是造物主的安排麼？

一塊石頭終於落下了，心怡邀我到她家吃中飯，並且在電話裡告訴我一切「順利通過」。

還有什麼比即將獲得自己心愛的人更有意義的呢？啊！這個我日日夜夜的夢想，馬上就要成為事實了！一放下聽筒，我就孩子似的跳了起來，好久以來幾乎被我忘了的微笑又從心眼裡躍現嘴角。

跨進心怡家的大門，不到一分鐘，原先我的那份喜悅能有多大，現在我的惶恐也就能有多大了。

我一進門，心怡的表嫂跟我講的第一句話就是：「心怡受傷了，剛剛送進醫院。」

「怎麼受傷的？」這個駭人聽聞的消息把我震撼得楞住了。

「今天她要親自下廚做兩樣菜，碰巧煤氣用完了，臨時去叫又來不及，她便點了煤油爐子，不曉怎的，火焰一下子噴了開來，她被燒得焦、頭、爛、額。」

我沒有再問什麼，扭頭就走，直奔仁愛醫院。因為這所醫院不僅離她家近，設備好，而且院長就是她的表哥。

到了仁愛醫院，找到了心怡的表哥——石院長。不待我說明來意，他就告訴我說：

「心怡的傷勢很重，至少要到晚上八點以後才能離開手術室，並且不能見任何人。」

「我只要看看她，那怕是看一眼就行了。」我的要求沒有得到他允許，看來他的個性與他的姓氏是一致的了。

「你先回去，明早再來。」他皺皺眉頭：「舅父此刻急得六神無主，他的脾氣本來就不好，你是知道的，現在就更不用說了，免得他發脾氣找錯了對象。」

怎麼辦呢？我只好聽從了石院長的話。可是我雖然是人回來了，一顆心卻仍然留在醫院裡。這天我不知道是怎麼過去的。我忽然想到一部「人與魔鬼」的影片，那個本來很美的少女被毀了容之後，是那樣的醜陋可怕。心怡的傷勢怎樣？能夠復原嗎？會像影片裡的少女那樣嗎？果真那樣，我該怎辦？我該怎辦？我該怎辦？……我越想越多，也越想越亂。這天夜裡，我的腦子裡一直在放映著那部影片——「人與魔鬼」。有時把我嚇出一身冷汗。

次日一大早，我就到了仁愛醫院。昨天見過我的那位護士明知故問的問我是不是要找黃心怡小姐？我點點頭，他就把我帶到一間房門上掛著「閒人免進」牌子的門口，呶一呶嘴，說：「就是這間。」

「請你叫一聲門好嗎？」

「不可以。」她板著臉，一點沒有表情的說：「院長交代過。」

看情形多講了也是白費口舌，於是我便連忙趕到石院長公館，佣人說他剛剛出門，是去看一位朋友，我問明了那位朋友的住址，又趕到他那位朋友家，不巧的是，他那位朋友又告訴我他已經去醫院了，我再趕回醫院裡，護士卻說院長還沒有回來，可是我已經累得筋疲力盡了。

我癱瘓的躺在沙發裡，疲乏與焦急把我弄得天旋地轉。那位很難有什麼表情的護士大概一時動了惻隱之心，她十分憐憫的跟我說：

「你真的急於要見一見黃小姐？」

「是的，我已經一個通宵都沒有闔眼了。」

「你跟我來。」感謝老天，她終於動了惻隱之心。

我的精神為之一振，但也特別緊張起來，馬上跟她走去。

「她的家人剛回去——他們不願見到你，可能是因為見了面也缺乏說話的題材。」她掉過頭來，又補上一句：「你只能待上兩分鐘」。

「可以可以。」

「她現在還不能講話，請你也不要講話。」

「可以可以。」

「一切動作都要小心點，她現在需要的是安靜。」

「可以可以。」我像是只會說這幾個字。

我終於見到心怡了，可是卻跟沒有見到一樣，她除了鼻子和嘴巴一點點露在外面之外，其餘部分全都被紗布包紮著。

從護士答應帶我進來的時候，我的心就開始咚咚的直跳，聲音越跳越快。我緊抿著嘴，深怕聲音會自我口腔傳出而驚動了心怡似的。

我遵照了護士的指示，沒有講話，也沒有任何動作，直到那位護士扯扯我，又指指腕表，我就默默的退出。

「明天上午院長要去日本，恐怕十天半月才能回來。」那位護士跟我說：「以後如果你想見黃小姐的話，可以找我，我給你安排時間，但是你必須聽我的一切。」

我向她道謝後就回去了。

一連兩天，我都是先找那位護士小姐，由她帶我去看心怡。現在不光是替自己說我對愛情如何如何了，有時我聽到護士們的耳語，她們也一致認為我對愛情的專一與偉大了。「那老頑固要是不那樣為難，早點——那怕是早一天答應的話，就不會碰上瓦斯剛好用完了，又哪來的這些節外生枝的事呢？」我心裡在想。

直到第四天後，她才能說幾句簡單的話，可是連嗓音都變了，腦筋也變得非常遲鈍，往往答非所問。

第五天，我到了醫院裡，那位護士告訴我說：

「黃小姐的紗布拆了，現在在特別房間裡，一方面是怕細菌的傳染，一方面也是為了病人的心理，因此任何人都不能見。」

我日夜牽腸掛肚的，就是她拆開紗布後的樣子，我向護士再三要求，就差下跪了，仍然沒有得到結果。

當時我對那位「不通人性」的護士真是氣得咬牙切齒，七竅生煙，表面上卻不得不「裝」出低聲下氣的樣子說：

「她會復原嗎？」

「不可能了。」她帶點同情的意味說：「大夫一直都在往這方面努力。」

「我求求你，我只要看一眼就行了。」

是我的樣子可笑？還是她對一切都漠然的緣故呢？她的表情上竟有一種「非常好笑」的意思。她對我的要求沒有理會，大概她遇到類似的情形一定是不只一次了。我失望的望著她的背影遠去，消失。不久，她又轉回來了，脅下多了個牛皮紙袋。

「你只是想見一見她拆去紗布後的面目？」

「是的。」

她從牛皮紙袋裡抽出一張八寸的半身正面照片，送到我的面前。

「喫，就是這樣。」

當我的目光接觸到心怡那張原屬於美得不能再美的臉形時，我幾乎昏倒，又幾乎失聲驚叫起來。天啊！這哪裡是個人臉啊？簡直是魔鬼，不，比魔鬼還要可怕！我不自覺的倒退了兩步，好像深怕她會突然離紙而出，一下子把我攫住似的。

我的淚水一湧而出，雖然我並不十分清楚我的傷心是同情心怡的遭遇，還是由於自己一個美夢的失落，抑或由於一種毫無意識的自然反應。也許這幾種成份都有。

我回到家中，我那被攪亂了的思想稍稍平靜之後，第一件事，就是去電信局發了封電報給在美國哈佛大學攻讀的郭子珍，請他替我申請保留獎學金，「我以往愛情的美夢業已幻滅了——心怡遭到火傷，面目皆非，」在結尾上我說：「其可怕可憎的程度？實非筆墨所能形容於萬一，因此，我不得不離開此地。」

日子像輕煙，那樣迷濛不明；我的思想也像輕煙，那樣模糊不清。

「獎學金已申請代為保留，惟仍希多加考慮，因為你出國後，心怡的心理上遭到的打擊則更大。」子珍來信了，他說：「我沒有想到，一向高呼『愛情價更高』的你，何以一變如此？……」

我也曾想到這些那些，說到「自我犧牲」，在一時的衝動之下或許會的，但我實在不是那樣容易衝動的人。

我認為愛情不是單方的給予與同情，而是雙方相等的一切，否則，都只是電影上和小說裡不切實際的一種穿插和誇張的渲染。婚姻所代表的是一個志趣相投的妻子，一個美滿溫馨的家庭，一份可以安定雙方情感的愛情。如果丟開這些不談，而專談些空空洞洞不著邊際的愛情，那就等於一幢無樑的房屋，它的維繫力必然是脆弱的。我很贊同莫陌桑的見解：「愛情在人生中的地位，既不是至下，也不是至上。愛情，不過是有著生活趣味和生活情調的複雜的人生中的一個要件而已。」如果失去了生活中「趣味」和「情調」的話，那樣的愛情能夠成立嗎？縱然勉強成立，能夠持久嗎？縱然勉強持久，能夠幸福嗎？與其不能成立，不能持久，不能幸福，趁早一刀兩斷，豈不更好？

再說，我是個生活在真實裡的凡人，心怡受傷毀容，我沒有理由要陪伴她一生。譬如說，《盲戀》（徐訏著）寫奇醜無比的陸夢放，與美若天仙的盲女盧微翠戀愛故事，她（他）們互相傾慕，他（她）們都很良善聰慧，都很瞭解愛情的意義與莊嚴。都很願意為它而生，為它而死。可是當盧微翠的眼睛復明後，看到其醜無比的陸夢放的真面目時，比妖怪還要可怕可憎，她那原本純潔的愛情觀念就完全瓦解了、崩潰了。她無法擺脫，也無法面對，最後只有自殺而亡。陸夢放與盧微翠都是絕頂良善，絕頂智慧的人，都還落得如此悲劇收場。況且，心怡火傷後面目全非，不但可怕可憎，而且令人恐怖。前車之鑑，我能不知好歹的重蹈覆轍？

當我各項出國手續辦理妥當的那天下午，黃老頭兒來了。他進了門，沒有等我的招呼，就在一隻沙發裡坐下。他緩緩地抬起頭來，朝我望了一眼，那眼光是深沉的、沮喪的，使我不禁的打了個寒顫。

他咳了兩聲，低沉嘶啞的開口了：

「明嵩。」

「嗯。」我應著。我也在悲哀著，而且努力的使悲哀加深些。這也是一種禮貌。

他深深地吐了口氣，好像胸口有什麼塞著，非要這樣吐口氣心裡才舒服些似的。

「以往，是你求我。」他語意蒼涼的說：「現在輪到我來求你了。」

我呆呆的望著他，心裡在盤算著怎樣應付這種局面。

「再過幾天，就是你們訂婚的日子了。」憂鬱在他的臉上繼續加濃。他的聲音粗粗啞啞的，像是一些老朽而走音的琴鍵。

「我很為這件不幸的事遺憾，我……」

他擺擺手，意思要我等他把話說完。

「現在，心怡也不打算了。」

「那是說——」

「但是，為了心怡，」他沒有理會我，接著說：「我求你——」

「您的意思是？」

「我不是要你跟心怡訂婚或者結婚。」他深深地盯著我，好像已經看透了我的五臟六腑似的。「我只是要求你跟她做個訂婚的形式，以後時常來看看她，這就夠了。她現在最大的需要，就是精神上的慰藉。」

「我很想這樣做，可是——」

他小心翼翼的，用那種希望博得對方同情的可憐聲音說：「有困難嗎？」

我猶豫了一下，當我想到他那天「審」我以及存心為難時，我便不再考慮什麼了。我從抽屜裡拿出簽證和機票揚一揚，說：

「非常抱歉，明天，我就要去美國了。」

「你已經這樣決定好了！」他失望的搖搖頭，緩緩地站起，走了兩步，又回過頭來，我以為他要向我發發牢騷，「損」我兩句，或者再努力的向我要求一番。然而沒有，只是淒淒迷迷的說：「噢，祝你前程遠大！」

祝福？諷刺？我不知道，反正這些對我都不是重要的了。我木雕泥塑似的站在那兒，望著他的背影逐漸糢糊。……

郭子珍把我接到他的住所，一切都弄妥當了，他突突然然的說：

「今天我接你，明天輪到你送我了。」

「你打算到哪去？」

「回國。」他說：「一切手續都辦好了。」

「你剛來不久，就打起退堂鼓了，」我茫然的問：「是不是在飯館子裡洗盤子洗得傷心了？」我知道他在假期中做過這個差事。

「起先追求心怡的是我，」他燃上一支菸，吸了一口，又噴出去。沉默了好久才說：「後來你加入了，我總以為你比我會給她更多的幸福，我便悄悄地退出了。」他的眼睛望著我，目光中滿含著被抑制住的憤怒與絲絲連連的柔情。「真想不到，當心怡最需要友情的時候，你反而離開她了。因此，我覺得我應該回去，也必須回去。」

他這幾句話，每一個字都像一個重重實實的耳刮子，刮得我一臉通紅，一臉羞愧。

「是為了友情和愛情？」

「不光如此，也為了責任——我一直是愛著她的。」

「想當初，子珍的確於我之前就在追求心怡了，他的追求是隱隱約約漸進式的。我加入之後，一開始就很積極，就很熱情，是極進式的。尤其是我的熱情與表現，唱作俱佳，成效佔了優勢，子珍就自動『讓棗推梨』，還幫我旁敲側擊，推崇備至，使我增彩生輝。我與心怡的愛情如此順暢，子珍頗有禮讓之功。」

什麼是愛情？蕭伯納認為對著有異性美的一種心理上的燃燒。

我接著又問：「假如她要跟你結婚呢？」

他抱者雙拳，頭仰著，眼閉著說：

「啊，那正是我所企求的！」

「你以為這樣對自己，或者對心怡來說，會幸福麼？」

「我不知道，我也不想知道。」他說的是另一套：「我只知道：『愛情裡面若摻雜了任何顧慮，那就不能算是愛情了』。」

這完全是年輕人的衝動，但人總不能老是生活在衝動中的啊。本來我還想跟他辯論幾句的，一想，算了，讓現實叫他去慢慢懊悔吧。

送走了子珍後，我的心裡很惋惜，也很沉重，一個已經被毀滅了，現在又賠上了一個。從此我又走進了學生生涯。從小學、中學、到大學，這種生涯我已經過了十六個年頭，照說，我應該非常習慣與適應。然而事實上並不如此。我發覺我的心靈愈來愈空虛，我的精神愈來愈頹喪，我的情緒愈來愈惡劣！我也決心把什麼都丟開，一心一意的在學問上求發展。經過多次的努力，我仍然失敗了。

是一種深藏的內疚在發酵？是一種潛在的懺悔在滋長？不，都不是。我沒有內疚，也沒有懺悔。

我怕黑暗，我怕寂寞，我怕一個人獨處，但我更怕人群的喧嘩嘈雜。我時刻都被層層的矛盾困擾著，包圍者。

為了擺脫這種困擾和包圍，我把自己拋進了電影院，一部一部的影片使我與現實暫時分隔。

一部想不起叫什麼名字的影片裡的女主角被毀容了，那可怕的鏡頭一出現，我不由自主的驚叫起來：

「心怡，心怡……」

四

「心怡，心怡……」我定然是大聲的叫嚷出來，把我自己驚醒了。

我真的醒了，原來我還是躺在一張陌生的床上。

「醒來了，醒來了。」我聽到有人在說。

馬上就有幾個人跑到我的床前，都是些熟人，有石院長、大夫、護士，還有黃老伯和心怡。

心怡仍然是以往的心怡，沒有傷痕，嬌美的臉上只是漾著一層欣喜的微笑。

心怡伸出手來，跟我握者，使我立刻感到一種愛的溫暖從那柔嫩的手中流過來。

黃老伯摸摸我的額角，問我想不想吃點什麼，一臉慈祥得叫人光想流淚。院長、大夫和護士離去不久，他也很世故的離去，當然是好讓心怡單獨的跟我談談了。

這是怎麼回事呢？心怡不是火傷了嗎？不是住進醫院了麼？怎麼她臉上連一點火傷的痕跡也沒有呢？而現在，反而住進醫院的是我呢？我不是去美國了麼？這是在美國？石院長、大夫和護士，不都是仁愛醫院裡的人嗎？一切一切都是撲朔迷離，虛幻縹緲……？我的腦子裡畫滿了問號。

「這是怎麼回事？這到底是怎麼回事啊？」我問心怡。

「現在一切都通過了。」心怡情深意濃的笑著說：「父親不僅很放心的把我交給你了，而且把一個工廠也交給你吶。」

「我不懂。」我搖搖腦袋，努力的想著那些不知有多遙遠的過去，只覺得恍恍惚惚，迷迷離離，實在無法把那些恍惚迷離的記憶和現實連在一起。我說：「你不是被火燒傷了嗎？怎麼住進醫院的是我呢？」

「我並沒有被火燒傷過，只是父親對你的一種考驗，他跟表哥串通好的。那幾天我一直是奉父之命，陪同姑媽與表姊到日本作四日遊。聽說一個假扮我的人像犯人似的被『禁閉』著。當父親發現你竟為了我而晨昏顛倒，為了我而受傷住進了醫院，尤其是剛才，不僅僅是他，所有的人都被感動了——你在睡夢中還叫著我的名字，喚著我的名字。這些都是對愛情的具體表現。」

「唔——」

「因此，他很放心了。他說你跟他一樣；是個真正懂得愛情，瞭解愛情，而且是個很篤實的人。」她跟我的手握緊了些。「現在就等你的傷癒，我們就可以訂婚了。」

——啊，原來我拒絕黃老伯以及去美國的一段完全是一個夢。然而，誰能說我的潛意識不是那夢的濃縮？誰能說那夢不是我的潛意識的內涵呢？

心怡走後，我一個人躺在床上，仍然在追憶著這些那些。愛情果真是如此這般的容易證實的嗎？在這方面，我的「考驗」竟被列為「有了具體表現」、「真正懂得愛情的人」。

事實上真是如此的麼？我想：世界上大多是平平凡凡的人，平凡到環境可以使他們變成一個「好」人，也同樣可以變成一個「壞」人。帶著孩子看電影，銀幕上每個人一出場，孩子們總喜歡馬上就問：『這是好人還是壞人呀？』往往叫我們一時無法回答。其實在五光十色的社會裡，一個人的好壞就更加不是輕易可以洞察得出的了。就拿我跟心怡來說吧，算得上是「真情」嗎？如果沒有意外，可能就真的「一往情深」了，但是要碰到巨大的意外，以及世俗的變化，突然之間，以往的一切，就會灰飛煙滅。所謂「真情」馬上就會被一種人類自私的天性溶化了。所不同的，只是有些人這種自私被人看穿，有些人沒有被人看穿；有些人知道自己的這種自私，有些人根本就不知道罷了。

我又想到夢中的郭子珍，他的確是因我而退出的，但如真像我夢中那樣——心怡天使般的面孔被燒成了魔鬼，我去了美國，他會特地跑回來麼？恐怕也只是老公公老婆婆坐在炕沿上閒聊——說說罷了。徐訏的《盲戀》就是個很好的例子；薇翠對陸夢放的愛情可說是如山似海，但當薇翠的眼睛復明見到了夢放是那樣醜陋得可怕時，原有的那份「愛情」也無法維繫了。最後她只有走上自殺一途。

最後我想著想著，我的眼睛就發直了，我揉了揉眼睛，看了又看，站在床前的那可不真的是子珍！本已恍惚迷離的片斷，如今就越發叫我茫然了。

「好些了吧？」子珍說：「我真不瞭解。」

「我也同樣的不瞭解。」我茫然的說：「你是什麼時候回國的？」

「昨天，一接到你的電報就回來了。」

接到我的電報？我猛然想起幾天前的傍晚，我從電信局回家的途中，一聲撕裂人心的剎車聲，大概從那時起，我就人事不省的被送進醫院了。

「見到過心怡嗎？」

「見過。我真不懂，心怡好好的，住院的卻是你。」

「你跟心怡說過你回國的原因嗎？」

「沒有。」他在床邊坐下：「一切都不是你在電報上所說的那樣。」

「你打算長住下來嗎？」

「不，現在不這樣打算了。」他指指我的鼻子說：「你這個玩笑開的可不小啊，說一說吧；說一說這是怎麼回事？」

「現在我也說不清，等我出院後，仔仔細細的想一想，再跟你說吧。」

五

出院那天，心怡和郭子珍都來了。因為黃老伯在工商界是位很有地位的人，這些「內幕」新聞不曉得是誰傳出去的，因此還驚動了很多記者。第二天報紙上就用了很大的篇幅來報導我和心怡的這段「偉大」的情史，有的還刊出心怡和我照片。那些記者先生憑著採訪了一點「資料」，經那枝生花妙筆加油添醬的一渲染，就成了一段非常生動而感人的愛情史實了。於是乎，新聞界、輿論界，以及所有認識我的人，都一致認為我如何如何的偉大，怎樣怎樣的了不起了。……這個故事的真正「內幕」，除我之外，就只有郭子珍知道，他現在不拆穿，以後自然也不會拆穿。如今，愛情、名譽和財富，我都可以垂手可得了。

在很多場合中，我都留心著，我發現子珍的眼角以及任何一個小動作中，都對心怡流露著一種深厚的情意。只有我心裡明白，唯有子珍對心怡的愛，才是「無我」的，永恆的。這從我給他的電報他立刻就回國的行動上，即可說明一切。我為了這件事著著實實的想了一整天，最後，我終於作了個決定，那就是：我的良心已經受到了譴責，我不能讓自己永遠受到更大的創傷；我應該讓真正懂得愛情的人得到他應得的愛情。就像當初子珍對我「讓梨」一樣，這也是對子珍，對心怡以及對我自己最好的安排。

是鑽石就會發光發亮，是真情就該有始有終。我什麼都不是，還有什麼好扯的？

我沉默，我自省，我慚愧，良心指使我只有退出，希望子珍能夠完成上帝的美意，他（她）們才是一對「天作之合」。

當心怡決定與我訂婚的前幾天，我寫了封長信給心怡，說明了我心中想說的話。同時也寫一封信給子珍，說明我無法滌除自己的污穢，我把自己開除了。就一個人去了中部。

此刻，我獨自浮雲似的飄到了日月潭，坐在映著自己影子的潭邊，清風拂著我的髮絲，像是老年人的手在撫慰著，那樣輕輕地，輕輕地。我沐浴在一片寧靜中，從心的深處默禱著，默禱著有情人終成眷屬。

釀小說109　PG2241

一朵搆不著的雲

作　　者	陳司亞
責任編輯	鄭夏華
圖文排版	林宛榆
封面設計	蔡瑋筠

出版策劃	釀出版
製作發行	秀威資訊科技股份有限公司 114 台北市內湖區瑞光路76巷65號1樓 電話：+886-2-2796-3638　傳真：+886-2-2796-1377 服務信箱：service@showwe.com.tw http://www.showwe.com.tw
郵政劃撥	19563868　戶名：秀威資訊科技股份有限公司
展售門市	國家書店【松江門市】 104 台北市中山區松江路209號1樓 電話：+886-2-2518-0207　傳真：+886-2-2518-0778
網路訂購	秀威網路書店：https://store.showwe.tw 國家網路書店：https://www.govbooks.com.tw
法律顧問	毛國樑　律師
總 經 銷	聯合發行股份有限公司 231新北市新店區寶橋路235巷6弄6號4F 電話：+886-2-2917-8022　傳真：+886-2-2915-6275

出版日期	2019年7月　BOD一版
定　　價	340元

Printed in Taiwan

國家圖書館出版品預行編目

一朵搆不著的雲 / 陳司亞著. -- 一版. --臺北市 : 釀出版, 2019.07

面； 公分. -- (釀小說 ; 109)

BOD版

ISBN 978-986-445-333-7(平裝)

863.57 108007809

讀者回函卡

感謝您購買本書，為提升服務品質，請填妥以下資料，將讀者回函卡直接寄回或傳真本公司，收到您的寶貴意見後，我們會收藏記錄及檢討，謝謝！
如您需要了解本公司最新出版書目、購書優惠或企劃活動，歡迎您上網查詢或下載相關資料：http:// www.showwe.com.tw

您購買的書名：________________________________

出生日期：________年________月________日

學歷：□高中（含）以下　□大專　□研究所（含）以上

職業：□製造業　□金融業　□資訊業　□軍警　□傳播業　□自由業
　　　□服務業　□公務員　□教職　□學生　□家管　□其它_____

購書地點：□網路書店　□實體書店　□書展　□郵購　□贈閱　□其他

您從何得知本書的消息？

□網路書店　□實體書店　□網路搜尋　□電子報　□書訊　□雜誌
□傳播媒體　□親友推薦　□網站推薦　□部落格　□其他__________

您對本書的評價：（請填代號　1.非常滿意　2.滿意　3.尚可　4.再改進）

封面設計____　版面編排____　內容____　文／譯筆____　價格____

讀完書後您覺得：

□很有收穫　□有收穫　□收穫不多　□沒收穫

對我們的建議：________________________________

____

____

____

請貼
郵票

11466
台北市內湖區瑞光路 76 巷 65 號 1 樓
秀威資訊科技股份有限公司 收
BOD 數位出版事業部

....

（請沿線對折寄回，謝謝！）

姓　　名：＿＿＿＿＿＿＿＿　年齡：＿＿＿＿　性別：□女　□男

郵遞區號：□□□□□

地　　址：＿＿＿＿＿＿＿＿＿＿＿＿＿＿＿＿＿＿

聯絡電話：(日)＿＿＿＿＿＿＿＿＿＿(夜)＿＿＿＿＿＿＿＿＿＿

E-mail：＿＿＿＿＿＿＿＿＿＿＿＿＿＿＿＿＿＿